黎曼猜想

张欣 / 作品

南方出版传媒
花城出版社
中国·广州

图书在版编目（CIP）数据

黎曼猜想 / 张欣著. -- 广州 : 花城出版社,
2017.5（2021.7重印）
　　ISBN 978-7-5360-8208-3

　　Ⅰ. ①黎… Ⅱ. ①张… Ⅲ. ①长篇小说－中国－当代
Ⅳ. ①I247.5

中国版本图书馆CIP数据核字(2016)第323151号

出 版 人：肖延兵
策划编辑：张 懿
责任编辑：周思仪
技术编辑：薛伟民　凌春梅
内文插图：陆 梅
封面设计：介 桑

书　　名	黎曼猜想
	LI MAN CAI XIANG
出版发行	花城出版社
	（广州市环市东路水荫路11号）
经　　销	全国新华书店
印　　刷	北京一鑫印务有限责任公司
	（北京市顺义区北务镇政府西200米）
开　　本	880毫米×1230毫米　32开
印　　张	7.125　5插页
字　　数	100,000字
版　　次	2017年5月第1版　2021年7月第2次印刷
定　　价	38.50元

如发现印装质量问题，请直接与印刷厂联系调换。
购书热线：020　37604638　37602954
花城出版社网站：http://www.fcph.com.cn

关于恨（代序）

张 欣

一个人并不孤独。

一个人心中有恨就会感觉格外孤独。

写恨，当然是为了写和解与原谅。

诚如写爱，是为了写痛。写青春，是为了写呼啸沧桑。

生活无论如何是变得好了，物质极大的丰富，选择多种多样，科学昌盛，各种方便快捷，每个人的生活都可以张扬个性，多姿多彩。

但不知从什么时候开始，我们变得不快乐了，我们的身边充满了戾气，充满了恨。一言不合，大打出手。稍有质疑，拔刀相见。包括我们自己也像炮仗一样，一点就着。永远气急败坏，永远暴跳如雷。我们记住的全部是被侵害，是冷，是孤独和绝望。

是我们想象中的绝杀。

我们终于明白，开朗并且优越的阳光灿烂般的人同样可以患忧郁症。许多重量级成功人士也可能阴沟翻船。有思想或者有才华的人会被一件小事压得喘不过气来。我们不再相信善良正直，不再相信因果逻辑，这个时代的所谓命运女神小指一弹，我们就随时可能凌空爆裂稀巴烂。

　　可是，人生过于沉重，如果没有几块怨恨的石头压着，所谓的幸福感都变得轻浮而且飘移。

　　从来欢乐和快感只是一瞬，只是刹那芳华，哪怕是房子、车子、包包或者珠宝，那些贵重和豪华有时如一羽鸿毛。我们记住的却是吃了三个月泡面换来的榨菜牌国产小冰箱。记住的是和喜欢的人徒步征程可以走那么远那么远。人心就是这么奇怪，不是重口味记不住吃了什么，只有仇恨让我们变得结实，有耐力，有信心，抗压抗震满满的存在感。

　　也许是过去僵化和愚化的环境，制造共性的教育，让我们消化了太多的委屈和苦难，自我被完全屏蔽。所以今天我们格外地看重自己，尊重自己的感受，直到偏颇、固执，神圣不可侵犯。

　　而这个世界，从来都是双城记。有表象的安宁、和谐，有文明的礼遇和谦让，更有烈火烹油鲜花著锦般的盛世奇观。然而另有一层幽黯是我们看不见，或者看见了也不愿意直视的内核，那就是我们的恨，深刻的怨恨，同归于尽的决心。否则快意恩仇的故事就不可能那么有市场，那么常演不衰，也就没有"千古文人侠客梦"这场永不落幕的嘉年华。

然而，恨，那是一条河，不见首尾，无休无止，无尽无眠。

我们不可能先知先觉，只可能在历尽了折磨和痛苦之后，选择坚守或者放弃，选择一意孤行或者与自己和解。无论怎样决定都不那么重要了，因为那些东西都还在，不灭不弃，不增不减。

区别只是内心的感受。

越是优越的人，成功的人，越容易固执、决绝，这不难理解。

难以理解的是常常，我们是仇恨中的一个元素，却仍旧在复仇中坚持或者寻找意义。常常，我们也会理性地认知错误不可避免地会发生，但却强迫自己在感情的世界里坚守或者无法战胜自己的情绪。常常，春夏秋冬一年又一年，我们发现许多公司官非、家族恩怨又回到了起点，争斗仍旧难解难分。常常，我们耗尽所能疲惫不堪，得到的并不是想象的那个结局。

所以，常常是那些历经磨难的人，才会说出"诚觉凡事尽可原谅"这样的话。就像政治的最高境界是妥协，人生的最高境界是柔软地面对自己，和自己讲和，和周遭的对抗力讲和，和岁月握手言和。

什么都不会改变，唯有内心。

心境的疏星朗月是人生的修行与功课。跟功名、学识不大相关，也并非成功的附属品，更不是所谓八面威风的买一送一。却是许多人的终极所求。

记得那一年，我们坐在桂花树下，等待着网购的大闸蟹，期盼着快递小哥匆匆的脚步声。朋友们随意地说着闲话，桌上黄酒飘香，老醋姜丝，白色的餐盘，钳叉工具一应俱全。

微风徐徐，我们相视一笑。

恨只恨，长的是磨难，短的是人生。

一

阎副官捏着土布的军帽檐左右拉扯了一下，松动松动额头，笑嘻嘻地说道："你们家对党的贡献就是给队伍上送来了三个白花花的大姑娘。"

尹大小姐轻轻拍了一下八仙桌，瞪着杏眼正色道："我们这是投奔革命，不是慰问军阀。"

阎副官但笑不语。

二

　　早上的街道相当拥挤，主干道上的车流像逃难的队伍没头没尾，也没有间距和半点缝隙。如果想看，隔着驾驶室的车窗玻璃，可以看到邻车的男人边开车边啃玉米棒子，女人照镜子补妆。

　　人行道上的男女老少匆匆赶着上班，上学，买菜，送孩子上幼稚园，各种办公大楼的底层全是等待上电梯的白领，长长的队伍甩出去老远，要不就是"打蛇饼"，一圈一圈悄无声息。

　　在都市里打拼的人早已习惯了冷漠的暗战。

　　天塌下来都没有人感到惊奇。

　　茅诺曼开着她的白色奔驰见缝插针一般地穿梭在滚滚的铁流之中。

　　这样的早晨对她来说实在久违，平素她睡到自然醒，在小区的花园里慢跑二十分钟，然后梳洗，穿着绵软的休闲服吃早餐——各种有机的蔬菜水果，进口奶，北海道的糕点。当然，还要在青瓷小鼎里点上沉香屑，听一曲黑胶唱片。

没错，她是老派人，是前辈，是这个青春邪恶膨胀时代仍能妥妥找到存在感的成功女人。

五十五岁以后，她决定从总经理的位置上退下来。

但是"田园"是美资公司，虽然只经营单一的清洁、日化产品，通俗地说就是洗洗刷刷，皮肤保养外加女人在脸上的描龙画凤，但是架不住产品席卷全世界的中产阶级。如今是笼络住中产阶级便吃得开的社会环境，田园用高品质的保洁护肤理念与产品征服了这一大票客户，低端产品有价格优势，高端产品有质量保证。而对于女客户来说，一旦她信任你的品牌就是一辈子的亲密爱人。所以田园产品的市场覆盖率永远是业内的排头兵。田园公司的总部在芝加哥，中国区的任免权也在那边。

总部高层对于她的工作和人品非常赞同和满意，一直苦劝留任，这样又拖过去两年，终于，她只象征性保留了顾问资格，急流勇退。

没有人相信她一个单身女人会对职场那么决绝，她的精明能干众所周知，营销故事成为教科书版的业内神话。人们恭维她，所到之处迎接她的都是花一般灿烂的笑脸，因为诽谤和暗箭都不在射程之内，万箭齐发都够不着她的位置，他们看到的永远是她优雅得有些虚幻的背影。

然而她到底是累了，就像此刻街边任何一个身穿制服脚踩高跟鞋，提着一份早餐的女孩子一样，她当年就是这副模样，没有背景，没有靠山，没有人照顾和关爱，一步一步走到今天。她可不想从职场直奔墓地。

要说过人之处，她只承认更懂得什么时候停止，而且绝不眷恋。

奔驰轿车驶进宽大而又阴森森的地下车库，这里是文华酒店。比起拥堵的街道，给人恍若隔世的肃穆与轻奢。

车库通往酒店大堂的大门，犹如一堵厚重的高墙，高大威猛，深咖啡色，没有表情也没有态度，更没有多余的装饰和机关，也没有任何按钮按键之类。似乎只对淡定的有钱人表示欢迎，至少要等待三秒钟，自动门才缓缓打开，很多人是在一秒钟之内瞬间抓狂，不知所措。

她今天穿着黑丝绒的高跟鞋，拎着香奈儿的包包。因为是赴尹大小姐的自助早餐，装备比吃饭重要。

这么多年来，尹大小姐一直保留着在五星级酒店吃早餐的习惯。虽然只是偶尔为之，但必须高档精致，环境讲究，不能有闲散人员，不能美团，更不能搞什么不靠谱的优惠套餐。食物非常丰盛人又非常少，才能令尹大小姐满意。其实她吃得少之又少，给人的感觉是在温习生命中的一段时光。

尹大小姐看女人的眼光非常挑剔，致使她们有限的几次见面，一直都是枪对枪、杆对杆从未有过半点松懈。

大小姐出身江南一带的大地主家庭，家里非常有钱，有整条街的铺面，也有自己家开的私塾，那个时代的女性能识文断字，怎么可能是普通人家的女孩。第一次看到尹大小姐的楷书简直是惊艳，而且她们家的三姐妹如花似玉，一个赛着一个的白皙，干净，身段如柳窈窕动人。

然而大小姐的骨子里有革命的气质，她嫁的阎副官后来官拜兵团级，就是因为不怕死能打仗，人称"阎王爷"。但是大小姐永远叫他阎副官他也没脾气。大小姐的两个妹妹更是会嫁，官位只比阎副官大，在此不表。

每一个女人都曾有过碧水蒹葭，素手执发的锦绣年华吧。

巨大的年龄差终是隐患,当年有多少良辰美景十里桃花,后来就有多少雪落太行空劳牵挂。阎副官算是最年轻的,也早在十二年前谢世了。

大小姐的名字叫尹希艾,比起家珍、素芳、秀英之类,这个名字放在今天都透着现代和摩登。老人家应该有八十多岁了吧,却从未被时代淘汰过,是那种有气象的女人。她是茅诺曼第一任男朋友阎诚的母亲。

阎诚和茅诺曼是中学同学。也许是因为父母都很强势,所谓正正得负,阎诚的性格羞涩、内向,待人温和又似大男孩一般天真。这也难怪,他上面两个姐姐,他最小又是男孩,金线吊葫芦。尹大小姐待他必是捧着怕摔,含着怕化,爱得深入骨髓。何况他的颜值高到爆表,当时正是帛里裹珠风月初霁的年纪,看一眼都是没有过去也不见未来的遗世独立,只需站在那里便丰容盛丽。

他实在就有那么好。

而她,当时只是他的小确幸,一分钟之内就被尹大小姐断舍离了。

茅诺曼的家在一德路上开"南北行",经营的是虾干、香菇、鱼翅、江瑶柱等一系列的干货,小小的门脸挂满各种咸鱼花胶之类。所以茅诺曼至今不吃咸鱼，多贵的都不吃，实在是小时候看一眼就干渴难耐。她家并不穷，可是地位低下。在一个革命的时代，出身小业主那就叫不入流，她永远忘不了大小姐脸上飘过的一丝不足挂齿的笑意。

也许是她安静，沉着——她的小业主的父亲教给她的是凡事忍耐，于是她身上有与年龄不符的淡定——相比起疯婆子一样的军干家庭的女孩，阎诚才会喜欢她吧。

父亲还说，所有的事，都是交易，都不过是一盘生意。

抑或是一道算术题。

这句话影响了她的一生。

年轻时候的爱情，都是骨肉分离，痛得惊心动魄。后来无论遇到谁，心里都有一个声音提醒，还是当哥儿们吧，当哥儿们就好。

奇怪的是她却跟尹大小姐一直保有联络，很奇妙是不是？

当然是有原因的。

文华酒店富丽堂皇，暗香游移。

走进餐厅，茅诺曼下意识地看了一眼肖邦腕表，离约定的时间还有不到十分钟，她暗自吁了口气，挑选了窗下的位置，虽说帘幕低垂但仍晨光匝地。因为人少，也因为背景音乐隐约于无，一时间让人倍感远离市井，风烟俱静。

餐厅有一面墙，墙纸是高仿的南宋花鸟，朴素暗沉的翡翠绿里透着鹅黄与嫩粉，鸟语花香甚是婉约养眼。

相对的一边是无穷无尽的食物，错落有致，盛在雪白的陶器里。

须臾之间，尹大小姐走进了餐厅，陪她来的例牌是司机小曾，小曾也有六十上下，曾经是阎副官的警卫员，头发花白但腰杆笔直，是那种表情很少的男人。他自己远远找了一张桌子坐下，独自早餐。

尹大不急不缓地走过来，茅诺曼不仅起立还迎了上去，已经有服务生拉开了椅子，并站在一旁莞尔行注目礼，满脸写着：这个老太太我们认识。

多少年过去，尹大的气势依旧是所谓凌厉的优雅，她目光坚毅，有着耐人寻味的穿透力，但是脸上的每一条皱纹都柔软温情，保养有度，看上去顶多六十多岁。灰白的头发自然向后，没有半点稀疏，仍旧密实苍劲，一对珍珠耳环闪动着淡紫色的光芒。她穿一件中式的绸子外套，水滑的布料，黑色，只领口有韭菜叶宽的一线梅红，暗示着她的内心始终坚持着女人必须美丽的原则。

只是，异常深刻的法令纹让茅诺曼隐隐感觉到她并不快乐。

茅诺曼穿的是一件大品牌的白衬衣，白色的珍珠纽扣，别无饰物，干净利落。看得出来颇得尹大的默许。

两个人落座，服务生送上了热咖啡。

"你还好吗？"尹大说道。

"还好吧，我退下来了。"茅诺曼恭敬地回道。

"知道，还在学古琴，户外活动主要是骑行对吧。"尹大抬起眼皮看了茅诺曼一眼，正好看到对方的讶异，嘴角上扬淡淡一笑。

闲聊了几句，茅诺曼适时不再说话，默默地用银匙搅动咖啡，她知道尹大约她出来，不是为了讨论如何在生物岛骑自行车的，而且她学古琴的事知道的人不会超过五个。可见尹大的能量了得。

总之一切都说明尹大有要事相告。

"毛毛，"她一直这样叫她，"我有一件事恳求你。"

"尹阿姨言重了，有什么事情请说。"

"你务必要答应我。"

"凡是我能做到的。"

"到青玛来上班吧。"尹大小姐也只是轻声说道。

但是茅诺曼还是瞪大了眼睛，实在是太没有想到尹大会说出这句话，不竟暗自吃惊，同时脑袋飞快地运转寻求各种原因的可能性。

"青玛"的全称是"青波玛雅"，青波是洗涤部分，玛雅主攻护肤与化妆品，简称青玛，虽然只是本土品牌，但坚持走高品质路线。前身是国有资产海鸥日化，被阎诚盘下来之后，经过这么多年的打拼和经营，市场价值突飞猛进，若干年前成功上市，产品也同样深受中产阶级的喜爱。因为是同行，茅诺曼对此有着深入的了解。

阎诚是总经理。

前不久，他们还在出口商品交易会的巨大展厅相遇，两个人的身后都是大队人马，前呼后拥的阵式旗鼓相当。虽然没有说话，但是目光相遇的瞬间，她感觉到阎诚的欲言又止，意味深长。

曾经有过给他打个电话的念头，但是没有打。

现代人尊重感情的方式是请勿打扰。

当年，在茅诺曼之后，尹大精挑细选了她的儿媳妇，那个女孩子名字叫作武翩翩，也是军队干部的子女，家里官阶不低。年轻漂亮，这一点就不用说了，还是外语外贸大学的保送生。三百六十度无死角。

如今的武翩翩在青玛当副总，经年修炼，目光如鹰如炬，成为商场人见人怕的"武阿姨"。那天在交易会展厅，若不是她探照灯一样的眼神，老相好去喝一杯也是太正常不过的一件事。都什么时代了？没看过《纸牌屋》吗？然而武阿姨是唯我独尊的人，一言一行必须全世界起立鼓掌。看家护院，本领高强，任何事情都没有通融的余地。何况初恋情人？怎可能有半点松懈！

阎诚和武翩翩是互补型搭档，一个儒雅宽厚，一个寸草不生，这样的公司扎实得铁打一般。

让茅诺曼介入，什么情况啊？

这时候的尹大怔怔地望着茅诺曼，足有三十多秒钟，但还是开声了。

"阎诚走了。"

"去了哪里？出国了吗？"

"他过世了。"

沉着镇定如茅诺曼这样的女金刚，也还是旱地拔葱一般地站了起来，满脸的愕然和惊吓。

有服务生向这边望过来，尹大用眼神示意她坐下。

最恐怖的是尹大的脸上呈现出影影绰绰不为人察的笑意，黯淡凄清，干涩的眼眶里没有一滴泪。

"已经三个多月了，会引发公司地震，所以秘不发丧。都以为他出差去国外了。你到青玛来当总经理，我两个消息一起发布。"不愧是尹大，泰山压顶而不失风范。

"是车祸吗？"

"癌症，肝癌，查出来就是恶性的，已经没有手术的价值。"

难怪她一点也不知道，茅诺曼心想，不光是死讯，就是阎诚生病的消息也没有丁点风闻。商场果然如战场，所有的伤痛和眼泪都在军旗飘飘十里狼烟之后。

这时再想起他的眼神，方读懂一丝丝的诀别。

粗算一下，他那时候已经生病了，而她在想什么呢？她什么都不知道，轻佻肤浅。茅诺曼望着窗外，薄薄的一层泪光浮现上来。

沉默了好一会儿。

终于，茅诺曼的情绪平稳了一些。恢复正常思维以后，她想，公司还有武翩翩啊，她可是一员虎将。

尹大是懂读心术的，道："她不行，不要提她。"

神情非常冷漠，并不想稍加掩饰她们糟糕的婆媳关系。

可是无论如何，茅诺曼都不想插足青玛的事，她算哪根葱啊？跑去蘸别人家的大酱？她可是业内名利双收的"不粘锅"，面子里子一样光鲜，早就不是伤春悲秋的职场文艺小清新了。

还是沉默。

这时的尹大正色道："毛毛，我知道我欠你的。可是你也欠我的，不是吗？"

茅诺曼张口结舌，一时间，脑袋都要炸了。

三

晚餐例牌清淡简单，一个青椒炒蛋，一个芥蓝苗，一个丝瓜毛豆，还煎了一碟鱼饼，主食是红枣小米粥和花卷。

尹大没有胃口，但还是坐在餐桌前，毕竟一家人要有个主心骨，她坐在正席，两边分别是武翩翩和孙子阎黎丁，黎丁一米八二的个子，相貌俊朗，几乎就是阎诚的翻版。曾司机和保姆小杨依次落座才一起开动。这是阎家的传统，不分上人下人，齐数就开饭。自从阎诚走后，饭桌上也很少人说话。

只有咀嚼和喝粥的声音。

尹大只喝粥，随便吃几口素菜。见黎丁边吃饭边看手机，手指一刻不闲，划来划去，本想说他两句，想想还是算了。这孩子像他爸爸，从小性格温和淳良，去德国留学学的是牙医，立志做一名口腔科大夫，回国之后在中山医学院口腔专科医院工作，一切随心所愿。然而阎诚一走，他立刻被武翩翩叫回公司接班，都没跟尹大商量一下。

这就是尹大最不喜欢武翩翩的地方，这个人不能说没有优点，对工作刻板地负责，营销方面也很有想法。问题是情商低，凡事算小钱，没有格局，而且永远咄咄逼人，跟谁都没法合作，还自以为是。

这是她一生犯下的不可原谅的错误，就是把武翩翩像今天的"优才"计划一样引进到家里来，当时的武翩翩有男朋友，而且到了谈婚论嫁的程度，是她横刀夺爱硬要拆散人家，大包大揽地让阎诚和武翩翩成了亲，搞得小两口的关系，即使阎诚没多喜欢武翩翩，也矮了她一头似的。

在尹大的眼里，阎诚和武翩翩始终没有建立起亲密关系，一开始或许也都按照剧本尽心尽力地扮演好自己的角色，但是渐渐地缝隙还是显现出来。爱这个东西其实没有那么艰深，无非就是一层底色，如果有，它会滋长出深意和力量，抵御现实生活中无尽的打击和风寒。但若是没有，就只能任其疏离和淡漠。

有一次阎诚发烧，三十九度二，武翩翩照样在外面跟客户谈生意。她的观点是打针吃药喝水休养，她在不在旁边守着完全无差，根本没有实际意义啊。这是什么情商指数啊？若是两个人为琐事拌嘴，阎诚最多是沉默，武翩翩却追着他理论。

这一切如今都像散落在不起眼处的小钉子，集中并且尖利地扎在尹大的心上。

尹大也动过干脆让他们分开的念头，但是看着阎黎丁一天天长大，实在不希望他小小年纪便面对破碎家庭带给他的困扰。

再说武翩翩对工作还算是一心一意。

现在想起来也许是一错再错。

谁能想到阎诚正值壮年，就这么走了呢？

餐桌上的武翩翩阴沉着一张脸，这张曾经美丽的脸，如今仿佛带着一张天然的后妈面具，几分尖刻外加几分凶狠，时至今日连印堂都是黯黑的。看得出来她一直都在忍耐，但终于忍耐不住开腔了。

"妈，你真的要这么做吗？"

黎丁抬起头来，看着母亲，又看了看奶奶。

"有什么事吃完饭再说吧。"尹大低声回道，看也没看武翩翩一眼。

"可是你觉得我现在还吃得下饭吗？"武翩翩干脆啪的一声放下筷子，直视尹大。

显然，她是听黎丁说的，茅诺曼将担任青玛公司的总经理，黎丁任总经理助理主要是跟着毛毛学习。武翩翩副总的职位不变。

这个女人就是这样，既没有情商也没有礼数。

餐厅的空气变得紧张而凝重。

曾司机和小杨都识趣地草草吃完饭，默默退场。

尹大强忍着心中的不快，很想呵斥这个不知轻重的家伙，你这是在质问我吗？你还知道天高地厚吗？当然她没有爆发，只是淡淡地说道：

"我是经过深思熟虑才做这个决定的，青玛是条大船，不能翻。"

"难道我掌管公司就一定会翻船吗？"

"不是否定你的能力，但你天生是扶佐型人才，非常称职的副手。"

"就算是这样，优秀的总经理人选多的是，为什么是她？"

"为什么不可以是她？她在田园做得非常好，这是有目共睹的。青玛最终的出路也是去本土化，成为国际品牌。"

"那我怎么工作？每天面对她。"

"那就要看你的胸怀了，一点气量都没有能干什么大事？"

"妈，我知道你不喜欢我甚至讨厌我，但也请你不要感情用事好吗？"

尹大冷笑道："我恰恰是以董事长的身份在跟你讨论这个严肃的问题。我会感情用事吗？笑话。"

的确，尹大掌握青玛的股份最多，虽说是挂名的董事长，但仍旧有特殊情况下的一票否定权。这是当年就订下的规矩，谁都没想到日后果然能派上用场。

尹大不想说下去了，起身离开了餐桌。

她用余光看见阎黎丁把粉色的保温杯递到武翩翩的手上，也许他心痛母亲，又没法跟奶奶理论一句。但是这个孩子，必须交给毛毛来管理，在经营公司方面跟着他母亲那还不如好好地去做一个牙医。

阎诚离去之后，尹大的睡眠质量每况愈下。

通常深更半夜就会醒来，因为思念儿子，这个时段异常清醒也就酷刑一般折磨着她，心脏像有一万只蚂蚁在噬咬，然后一片一片拉扯着她的思绪，全身的骨头冰冷、僵硬，后背尤其阴寒。仿佛死亡已经来过。

以往的岁月潮水一般向她袭来，从小时候她牵着阎诚的手去上幼儿园、小学，一直到他单薄的脊背渐渐粗壮挺拔起来，他从来都是她身体的一部分而只不过是体外生长，从未有过片刻的分离。

每当此时，她在黑暗中披衣而坐，满身心都是对儿子的忏悔。

今天早晨在文华酒店，当她第一眼看到茅诺曼时，怎么可能不联想到阎诚？她极有冲动不管不顾地抱住毛毛放声痛哭。当然她不能这么做，她什么风浪没见过？早已被训练得老而弥坚，尽管她的内心千疮百孔。

她骨子里是一个多么自信的大小姐，走过的革命征途，峥嵘岁月，充满了惊心动魄，然而此时此刻的肝肠寸断却是她始料不及的，成为她一生无法逾越的高山。

从文华酒店回家的路上，她转道去了六榕寺。

在如觉法师的禅房静静地坐了一会儿。

法师还是一个眉眼周正的三十余岁的孩子，点上悠长得偶尔让人暗自一惊的沉香，陪她枯坐。

法师说过，常常，被憎恨的人也是非常苦的。

谁说不是？可是人活一口气，道理从来都会被感情吞没。

尹大也不是没去过一德路上茅诺曼家的店铺，鸽子笼一样大小，挂满了银耳、霸王花、菜干之类，各种咸鱼和淡菜散发着腌制海产品的恶臭。

毛毛年轻的时候豆芽菜一样地不起眼，不可能成为阎家的儿媳妇。

根本看不出来她有今天的能量。

每个人的初恋都是执拗的，当时的阎诚就是铁了心地喜欢毛毛。他说他看见她就会有生理反应，很想亲近她保护她，有一种男性意识的觉醒，而她的安静又让他躁动的内心也跟着沉淀下来。

最终是尹大出钱送毛毛去美国读书。

去美国留学期间，毛毛在寄宿家庭住了一年，房主是一个天主教徒，本身就是教师，对她的要求非常严格，怎么吃饭、站立、说话以及穿衣打扮，让人产生无尽的烦恼，但也对她影响至深。

她攻读了经营管理和商业法硕士双学位。

而后便在美国就业，虽然都是小公司，但是历练了她的实战能力。后来回国待了一段时间，可能是不适应吧，终是返回美国。直到一家美国企业想在中国扎根，请她加入，令她不可多得的中西方结合的优势得到施展。

她就是那时候被猎头公司重点关注的。

最终被田园挖角并委以重任，那一年她四十三岁。

这也算是尹大的另一个优才计划，偏偏毛毛具备那种人不爱天爱的幸运，从街边女一步一步变成商界女神级人物。

否则无论如何，尹大都不能说人家茅诺曼欠她什么。在美国上学和生活费用是一大笔开销，都是真金白银。如果没有尹大，今天的毛毛还不是在一德路守着屁大一点的南北行卖食杂干货，哪可能有今天如此耀眼的光芒？

听说她结过一次婚，但只维持了两年多就离了，不知是什么原因。此后她一直独自一人生活。

尹大叹了口气。

谁都不知道自己曾经的得意之举有多么愚蠢。

四

没有不透风的墙。

青玛公司的大楼坐落在珠江新城的黄金地段，是甲级写字楼，外形设计简洁、气派，大堂阔绰，有室内喷泉，色泽是时尚的外灰内白。但是大门的两侧又有两头金色且体态玲珑的狮子，暗示着几分传统商业思维的元素。

阎黎丁一走进公司，就感觉到被一种诡异而沉闷的气息潜袭。

什么都没有改变，各个部门例行公事，人员进进出出，但总是在不经意的某个地方，像走廊尽头或者茶水间，会有一些脑袋瓜聚在一堆，然后是各种惊愕的眉毛和圆形的眼睛或嘴巴，见到阎黎丁，麻雀一样地四散，又全都低着头绝不跟他的目光碰视。种种迹象表明，公司高层的重大变故已经人人皆知。

阎黎丁回到自己的办公室，也就是总经理办公室的外套间，以前这个位置坐着端庄的女秘书，他常到这里来看父亲，做梦也没想到自己会坐到这个位置上。

这段时间，黎丁如坐云霄飞车，平静的生活被砸得稀烂。在此之前，他是一个中规中矩的牙科大夫，一切按部就班，也是他喜欢的简单又规律的节奏。自从父亲过世，母亲便反复与他长谈，让他必须接下继承父亲伟业的重担。在万般无奈的情况下，他只能脱下心爱的白大褂，坐在这个该死的位置上。

原以为，他不过是做做样子，自有母后垂帘听政。他实在是对经商提不起半点兴趣，不过是母亲逼得紧，只好如此。

说来惭愧，他也不是什么混世魔王二世祖，飙不尽的跑车泡不完的妞，那些都是影视剧的描写当不得真，他身边的有点背景的朋友没有一个那般浮夸，都是老老实实守着祖业不敢有半点差池。爱炫的人如果不是爱演终不是什么真正的有钱人。比如他，家里若是金山银山几辈子花不完，父亲走了跟他当牙医有毛线关系啊？

还需要一个有血缘关系的傻瓜坐在这儿吗？

年纪轻轻地就读医学院，出国留学，黎丁是伴随着刻板和寂寞长大的，好不容易走到今天。如果结果是这样，不如去修艺术史，电影制作，占星术什么的，要不还是去飙车吧？泡妞？当知名艺人的男傧相？

妈蛋。

然而，事情比他想象的还要复杂，因为母亲和奶奶的关系水火不容，奶奶非要把毛毛阿姨空降到青玛当总经理，除了管理公司之外，还要把他培养成真正意义上的公司接班人。他差不多要疯了。

这个毛毛阿姨他过去听说过，但是真的没见过，也相信她跟父亲之间的关系像漂白粉一样干净，因为若是有点什么，以他和父亲之间的亲密关系，这么多年来不可能没有听闻，然而真的就是一个传说。

也许越是这样，母亲才越在意吧。

至于父母亲的关系，他们像履行工作职责一样尽可能地扮演好自己的角色，却一点也不亲热。记得小时候有一次母亲坚持一家三口逛公园，父亲觉得很傻不想去，两个人吵了起来，母亲的理由是大家都是这样做的我们为什么缺席？只有这样黎丁才能感觉到幸福和快乐。父亲去是去了，但是板着脸一言不发。

就像是视察产品车间。

渐渐地，黎丁可以领会微妙的气息而不知其所以然。

但是他们一起谈工作的时候却非常合拍，目标明确，行为互补。就像战场上的一个眼神：你撤退，我掩护。或者我佯攻，你抄底。

他其实并不快乐，他继承了他们刻板的那部分。

第一次见到毛毛阿姨还是两天前在文华酒店的自助餐厅，奶奶叫他晚一个钟头过去，因为要跟毛毛阿姨谈妥到青玛来当老总的事。

当时他就很想问为什么妈妈不能当总经理？为什么还要把他托付给外人？

不过他没敢问，因为父亲的离世对奶奶的打击最大，看得出来她在克制自己，尽可能地镇定自若，但其实她老人家已经身心俱碎。所以他决定一切都顺着她。然而，奶奶是懂读心术的人。

奶奶说，医生不能给自己开刀，你妈妈太爱你是教不了你什么的。

奶奶还说，一个大公司，建立起来千难万险，但是倒掉却是须臾之间的事。不管曾经多么坚如磐石都会化作乌有，从头学起，不要有什么幻想。

对毛毛阿姨的印象平平，看不出这个平凡的女人有什么波澜壮阔的胸襟或者出类拔萃的才华而让奶奶对她另眼相看。

并且，但凡智商超群的人怎么可能介入别人的家务事？她又不是没有过巅峰体验或者逆风飞扬，从来就是刀枪不入的职场女神，没有人见过她的落魄不堪，见过她的丢盔解甲，这个聪明绝顶的女人怎么会卷入一场家庭纠纷？

因为毛毛阿姨今天上任，所以母亲称病没有来上班。

上午10点20分，奶奶和毛毛阿姨从公司高层的专属电梯走了出来，公司所有部门的职员全部正装夹道站在走廊上，微微哈着腰满脸恭敬以示致意。

其实也是不自觉地屏住呼吸。

毛毛阿姨穿一件深紫色的阿玛尼西装，这个牌子这个颜色，正气十足又散发些许似有若无的妖冶，令她气场非凡。严格的尺寸，上乘的质感，有一种无言的尊贵。她拎着一只红色的爱玛仕手袋，应该说是驾驭危险颜色的高手，并不让人感觉颐指气使，反而别具一格尚有几分神秘。

比起那天文华酒店的早餐会，毛毛阿姨完全判若两人。她不再是温馨而有些家常的，放松又和蔼的，包括对阎黎丁的态度，也仿佛不是一个人。

那天她见到他，称得上但见惊爱，拉着他的手足有半分钟，端详片刻，满眼都是欣赏和亲近，珍重异常，并不像是做给奶奶看的。而今天见到她，唯一感受到的是对下属的淡淡的冷漠。

茅诺曼一脚踏进阎诚的办公室，谈不上百感交集，但还是有一点陌生中的熟悉。

之前，她先跟着尹大到会议室与中层干部见面，尹大郑重其事，全权嘱托，意思就是一个：从今天开始，青玛就是"一言堂"，全听茅总的指挥和安排，大家不要编故事，不要随意揣摩猜测，各为其主，不是这么回事。茅总代表的是我们阎家三代人的利益，是我深思熟虑的结果，也希望大家好自为之。

众口称是。

尹大今天穿一件香奈儿经典外套，比较少见的立领，深灰人字纹，双层珍珠长链，下面配窄脚牛仔裤和平底芭蕾鞋。摆明昭示公司上下，老子一时半会儿挂不了。

尹大走了以后，阎黎丁带茅诺曼去总经理办公室。

茅诺曼对黎丁的印象不错，一张年轻干净的脸，眼神锐利，咄咄逼人又毫无心机，可以说是轻薄恣意的美好，也可以解释为深深潜伏的生命力。他的手指修长，上下一般细致。长腿，翘臀。但他对自己的优势毫不自知，有一点天然呆萌。

然而，多年的职场历练，令她极少流露情感。

甚至有些亲者疏，疏者亲。

她独自一人坐在大班椅上，面前是硕大的办公台，正前方的墙壁上挂着一幅毕加索的《阿尔及尔女人》，当然是高仿，熟练的笔法，各种女人形态的重叠相接。标题被改为"人丑就要会化妆"，这是阎诚的风格，周围贴了一圈青玛的化妆品，各种粉盒、眼影、胭脂、口红多到眼花缭乱。

身后是一排贴墙而立的书柜，有许多工具书，行业书，但也不乏名人传记。

这也是阎诚的风格。

中学的时候正值"文革"，复课以后她在课堂上偷看《三侠五义》，裹着一层"毛选"的红皮，全然不知老师已经一边读着课文一边走到了她的身后，然后冷不丁地叫她站起来回答问题，幸亏同桌的阎诚变戏法一样把《三侠五义》换成了真正的"毛选"，否则后果不堪设想。

那时候的阎诚爱踢足球，除了上课基本不在座位上待着。

知道她看枯黄页面的旧书问都懒得问，根本没有看书的意识。见她当时吓到脸白手抖，只好救她一下。

完全是无意间把旧书带回了家，想不到这世上还有这么吸引人的东西。

阎诚如饥似渴地读《三侠五义》。

他说，不对呀，我一个干部子弟都搞不到禁书看，你是哪里搞来的书？

她说，我家有个亲戚是图书馆的门房，我爸想找些纸包咸鱼，他就拿些废纸来给我爸，我先在纸盒箱里翻一遍，能看的就拣出来。

当年的咸鱼、菜干类都是找张纸拦腰一包系上一根草秸秆，标配的包装。

这样还看过《今古奇观》《三国志》等等，也有外国文学，记忆深的是一本没封面也没封底的竖行书，很多年后才知道是《牛虻》。

他们因此多了许多话题。

因为有亲戚帮忙，逢是星期天，他们爬窗户进到书库里看书。累了，阎诚抱着书睡着了。她看着他，略显苍白的脸，浓密的睫毛，从光线充足的一侧可见眉宇间有不同寻常的灵气和沉静。他的身材挺拔，长胳膊长腿，皮肤细腻润泽。这是她第一次少女怀春的觉醒，既让人脸红心跳，又是那么自然、坦荡而真实。

那时候的审美趋势是古铜色的皮肤，胡萝卜手指搭配火爆的脾性。

可是她偏偏喜欢他身上的气息。

后来学校组织到郊区的水泥厂学工，她背着一袋水泥在路上晕倒了，应该是中暑，同学们七手八脚把她抬到路边的树下。她当时是有意识的，只是心里明白，人却虚得说不出话。这时有人拿清凉油，有人要解她的衣扣说要透气，她听见阎诚制止了要解她衣扣的人，还从书包里拿出报纸给她扇风。

那也是阎诚最初的男女意识吧？

笃笃笃，有人敲门。

是阎黎丁，犹如当年的阎诚，风神俊朗。

茅诺曼中断了思绪，面无表情道："有事吗？"

阎黎丁道："许多媒体都想采访您，希望了解青玛的现状和未来。"

是想看一场八点档的狗血剧吧？当然，她什么也没说。

"电视台、知名网站、跑民企专线的记者，总之有一票这样的人，秘书室说他们一直都是青玛的朋友，阎总的座上宾，他们随便写一篇文章顶得上企业打一年的广告。希望不要怠慢了他们。"黎丁继续说道。

无冕之王手上却有金戈铁马，不足为奇。企业红包的供养人。

她还是默不作声。

黎丁道："怎么答复他们？"

"谢绝一切采访。公司中层以上的干部不许私自接受任何采访，特殊情况报到我这里来特批。"她平淡回道。

阎黎丁愣在那里。

"一流的公司，别人想到的是它的产品而不是其他。你可以出去了。"

"哦。"

黎丁满脸不解地离开了，轻轻带上了门。

是个好孩子，即使是对一个"入侵者"，一个妈妈讨厌的人，也保持了起码的礼貌。茅诺曼不禁想起在文华酒店的早餐会时尹大的恳请——"就算是为了阎诚，也请你费心把我们黎丁带出来。"

话说到这个份儿上，她也是退无可退。

五

一连数日，没有一个中层干部到总经理办公室来，无论是请示或者汇报工作，说点有的没的，可以称得上门可罗雀。

尽管公司里有许多亲近奶奶的人，或者是眼线什么的，他们从心底热爱和敬佩奶奶，但是架不住奶奶老了。谁心里都明白所谓家族公司，就是继承自有后来人，大限一到，公司还是人家的。如果现在献殷勤，站错队，桩桩件件都会被总经理助理阎黎丁记得清清楚楚，怎么可能不向他的妈妈汇报呢？

好在巨大的惯性令公司仍可正常运转。

不过，毛毛阿姨并不以为意。她在办公室里喝茶，查看大量的公司的原始资料，各种数据、报表。

也带着黎丁下到工厂区域，查看各类产品的全部流程。穿梭于不同的车间，她只是认真观察，但从不发表意见。

穿着简单的牛仔裤、衬衫，背着双肩包。

回到办公室，还是无人上门。

黎丁也落得清闲。

他在看一本书，简·莫里斯的《悉尼：帝国的绚烂余晖》。从悉尼的城市建设、悉尼人、悉尼的自娱精神、帝国情结等等方面展开，几乎是一部城市的分类编年史。

是的，他想去那里旅游。

事先做好功课，抵达那里会变得非常有意思，而不是仅仅到此一游。也是前口腔科医生所能保留的一点点缜密和尊严。

看书看得有点累了，黎丁把书倒扣在办公台上，打开手机。

手机桌面是一个女孩子的照片，当代即视美女标配，灯笼眼，匕首下巴，清新而略显凌乱的短发。

她曾经是青玛的唇模，在广告上拿一支手枪，子弹是尖头的口红，砰的一声枪响，她秒变姨妈红的咬唇妆，娇艳欲滴的嘟嘟嘴。飞来一个媚眼，不见得吸引了多少美女来买口红，倒是让阎黎丁魂不守舍。

她叫迟艺殊。

接触下来，竟然没有公主病。待人友善，并无恶习。本行是室内装修设计师，生活中素颜，穿着短裤打篮球，扛着大锤跟装修工人一块砸墙，假小子一般。喜欢看美食节目，学做西餐。最大一个优点就是不黏人，从来不会左一个电话右一个电话地查岗。但只要黎丁有空，她也会尽量配合他约会，有时情况有变，多等了个把小时也毫无怨言。黎丁不找她时，也能把自己的生活安排得井井有条。

神一级的女朋友。

阎黎丁非常珍惜这段缘分，艺殊越是独立，他越是感觉到不确定性，应该是他没有安全感。

他们一起去过日本、韩国旅游，玩得很开心。全凭艺殊胆大妄为，什么都敢试，什么都敢吃。但是艺殊坚持费用 AA 制，而且分房而息。理由是不喜欢谈恋爱的时候跟老夫老妻似的，她直言若是那样自己会变丑，没有距离感的关系最终都是不欢而散。

这一次，他想跟她去澳洲玩。

如果不可能十分风趣，至少也要有些见闻。

所以要看书查资料。

笃笃笃笃，有人用手指急速地敲桌面。

黎丁醒了醒神，抬起头来，看见妈妈满脸横肉的脸，她当年也是公认的美女，追她的人排出二里地。现在则是杀气逼人。

母亲压低嗓门却是厉声说道，"你是花痴吗？你就这点出息吗？你奶奶都把狼引到家里来了，你还有心情上班时间盯着女朋友看？"

黎丁感觉到难堪，急忙关掉手机。

"拜托你打起十二分精神，"母亲继续说道，"尽快坐到你该坐的位置上去。"黎丁默然，一边在母亲冷冷的目光下迅速地收起闲书。

母亲抬起右臂，右手的大拇指点了点身后紧闭的房门，"我要见她。"

阎黎丁愣了一下，但还是马上进屋报告。

引领母亲走进总经理办公室。

又倒好茶水送进去。

两个女人的神情都淡淡的，最起码的礼节像握手寒暄之类全部都省略了，空气中充满冷兵器时代的紧张气息。

黎丁本能地准备离开。

毛毛阿姨叫住了他："阎黎丁，你也坐下。"

一长两短的沙发位，三个人坐成一个三角形。

母亲正义在手，一脸的母仪天下，开口道："茅小姐，你可是业内一等一的成功人士，不需要蹚我们家这道浑水吧？就算你还爱着阎诚，他也已经死了，人死如灯灭，后面的戏也没法再唱了。不是吗？"

黎丁觉得母亲的话有些刺耳，父亲尸骨未寒，无论如何不应该在这样的场合，以这样的方式和口气提到他。但他也只能沉默，不敢看母亲那张因怨怼而稍稍有些走形的脸，至少优雅的仪态不要输给毛毛阿姨。

只是母亲忍了几天，终于爆发。她情绪激动道："我今天来就是想亲口问问你，为什么要扮演这个角色？我还真是想不明白呢。"

"尹大给的年薪很高啊。"毛毛阿姨和颜悦色。

"你还缺钱吗？"

"谁都缺钱。"

"再缺钱也不能不要脸吧？"

空气和毛毛阿姨的脸色都微微一沉，但她还是不动声色道："非常抱歉，我的面子是尹大给的。"

"我妈她是老了，而且她一直不喜欢我，但这是我们的家务事。"母亲的话硬邦邦的，每一个字都像一颗子弹。

"我不问家务事，只管公司的事。"

"你为什么不能拒绝呢？何必自找难堪。"母亲穷追猛打。

"我有我的理由，说了你也不会相信。"

"那就不要说了，有什么正当的理由是不能说的？"

毛毛阿姨一言不发，沉默。

母亲开始说创建公司的艰难和不容易，自己吃了多少多少苦，说到动情之处声泪俱下。不知为何又让黎丁感觉丢脸。

幸好毛毛阿姨及时制止了她。

毛毛阿姨拿了一盒纸巾递到母亲面前，道，"我们在孩子面前就不要撕了，"她沉吟片刻继续说道，"我今天其实很高兴你能过来，顺便聊一下公司的事。的确这样下去不行，公司没法正常运营下去。"

黎丁看到母亲脸上尚有泪痕，又显露出一丝胜利者的微笑。真是弱爆了，七情上面的人从来就不是什么狠角色。

母亲没有吭声，等待毛毛阿姨继续服软，脸色也稍有缓和。

　　毛毛阿姨道："这样吧，两个选择，一个是你武翮翮来当老总，我当副总配合你。另一个选择是你给我点时间，看看我能不能保持好公司正常的运作，并且让青玛提升一个台阶。那时候一别两宽，倒也不迟，尹大那里也有个交代。"

　　这一席话，不光是母亲，就连阎黎丁也不相信自己的耳朵。

　　两个人都微微张着嘴巴傻傻地看着茅诺曼。

　　也许是因为心情舒畅吧，武翮翮去了一趟美容院，据说用了什么蜗牛唾液的面膜，整张脸熠熠生辉。

　　然而无论什么级别的面膜，都掩饰不住女人的愚蠢。

　　晚餐推迟了十五分钟。

　　尹大在餐桌前看着喜形于色的武翮翮，实在有些无地自容。照说她也是久经沙场的女将，怎么可以没头没脑地杀到别人办公室去？先出牌本身就是大忌，一会称病一会失态就是先乱了阵脚的表现。

沉不住气，能做什么大事？

晚上吃小米粥和素馅包子，白菜萝卜炖排骨。

武翩翩的话也特别多，天上一句，地下一句，尹大最看不上她这份不自量力的轻狂。但她忍住了，什么都没说。就是因为有一天，也是在饭桌上发生争执，黎丁叹道，咱家的饭桌，真像是公司战略室里的研判大圆桌啊。一脸的无奈和苦涩。尹大知道黎丁的心里不快乐，她也不希望宝贝孙子受夹板气。

尹大自然非常疼爱黎丁，按照她的本意，她希望黎丁做自己喜欢的事。如果她和阎诚是那么功利的人，当年也不会同意孩子去读医学院。再说也没有必要全家人都经商，让一个喜欢握着磨牙锥子的人学习看所有人的脸色，尹大从心里不乐意。

怪只能怪武翩翩，她就是冲上公共汽车抢座位的那个人。是的，每个成功企业都有盘根错节的家系图谱，她就是害怕夜长梦多。

但也犯不着吃相这么穷酸。

前两天，尹大发现黎丁在读一本《一胜九败》的书，黎丁介绍说这本书是"优衣库"的创始人柳井正社长写的。尹大着实惊喜，说，你已经开始看经商的书了？黎丁说道，是毛毛阿姨叫我看的，还叫我写一篇读书笔记。结果被我忘得一干二净，被她骂得臭头。黎丁说完还挠了挠脑袋。

尹大笑道，她骂你什么？

黎丁道，她叫我不要有幻想，接受命运的安排。

你恨她吗？

不恨，我知道她是为我好。

尹大颇欣慰，忍不住抱抱黎丁。

事情的原委尹大是知道的：秘书室的主任根本不理会毛毛谢绝媒体采访的决定，还是按照惯例宴请媒体吃饭喝酒。酒这个东西当然是魔鬼，一喝高了什么都说。结果第二天报纸的社会新闻版登出青玛背后的八卦，完全是大起底，还画出了人物关系图，还有照片等等，供读者一目了然。

毛毛作为隐形的暗流涌动也荣登榜首。

这样人见人爱的八卦自然是病毒式传播，各种转载无数。

据说此事令毛毛大为震怒，扣除秘书室主任半年的奖金。公司如有人再犯，不由分说，一概除名。毛毛强调，公司今后的行为方式是潜行，优质的产品自己会发言，不用任何人说三道四，全都给我闭上嘴。

但也只有尹大心里明白，毛毛对阎诚还是有感情的。见他被这样拎出来成为街头巷尾的谈资，根本就是不敬和鞭尸。她绝对不允许。

正因为是自然流露，所以弥足珍贵。

黎丁说，《一胜九败》其实是一本失败之书，是柳井正自揭伤疤的可悲物语，还有就是他强调的如履薄冰的企业家心态。柳井正老先生说，如果企业家把自己当作一位艺人，四处表演或者展示自己的私生活，总会有一部分人成"粉"。有粉就有敌，一部分生厌的消费者便会自行离去，甚至成为企业的攻击者，反而增加了经营的风险。

此外，企业家必须"包裹严密"，那是因为一言一行一举一动都影响到企业的声誉，任何一个污点都会导致业绩的下滑，所以"做事先做人"是万古不变的铁律。

尹大心想，自己真的是没看错人。

黎丁离开之后，阿姨收拾碗筷，曾司机也去买米了。尹大才对武翩翩说道："你也该回公司好好上班了。"

武翩翩愣在餐桌前，看着尹大。

"好好当你的副总。"尹大继续道，甚至懒得看她一眼，准备起身离去。

武翩翩顿时神色黯沉，不情不愿却又理直气壮道："是她亲口说的，她说她愿意配合我的工作。"

她说的，当然是她说的。

所以她聪明，所以你不行。这么做的结果打了谁的脸？你这个笨蛋。尹大在心中骂道，又只好留在座位上。

"一开始就是我的决定。难道你不知道吗？"尹大提升了语调。

"黎丁嘴够快的。"

"不是他告诉我的，黎丁是个好孩子，从来不搬弄是非，不跟我讲公司的各种传闻。"尹大不再往下说了，的确也不是黎丁跟她说了什么，而是人事部的中层干部给她打来电话，告诉她茅诺曼和武翩翩互换位置的信息，目前正在打印文件，准备张贴到大楼一层的公告消息栏。尹大叫他们暂缓。

谁说民营企业就没有办公室政治？有人的地方就有江湖。

"跟你说了多少遍，茅诺曼就是来打工的。青玛要发展成田园那样的企业，必须有人引领。是你行还是我行?"

"可她毕竟是外人，谁能保证她没有居心?"

"你有被迫害妄想症吗?"

"可是妈的举动实在是太奇怪啊。"

尹大真是服了武翩翩了，她永远可以随时撩起她心中的熊熊烈火。她直视着武翩翩一字一句道:"难道你想看着我把股权交到茅诺曼手里吗?"

武翩翩果然给震住了，噤声不语。

餐厅陡然安静得如停尸房一样。

尹大起身时，目光如炬地看了武翩翩一眼。所以，不要挑战我的耐心，逼我走得更远。那目光如是说。

找死的节奏。

她大力地推开深蓝色丝绒面的椅子，发出刺耳的巨响。

六

　　武阿姨的头发，大姨妈的嘴，绿翻天的发膜，鹅蛋形的粉。这四样东西是青玛公司的明星产品，分别是：洗发香波，因为一直是武翩翩自己做广告，所以公众对她漆黑浓密的头发很熟悉。

　　纯正姨妈红色调的口红。

　　绿罐发膜非常滋养头发，里面含有精油颗粒，不仅是淡绿色的膏状体，还放在一个深绿色的瓶子里。

　　鹅蛋形香粉质感柔滑细腻，令女性保持凝脂般的妆容。

　　青玛公司恢复正常运作之后，毛毛的第一个营销策略就是产品升级。

　　谁都知道升级的别称就是砸钱。

　　首当其冲是要拿掉武翩翩的洗发香波广告。实话说，武翩翩的头发确实不错，到了她这个年纪居然一根白头发也没有，而且一直保有一定的厚度和品质。曾经，为了省钱是由武翩翩做广告，后来有钱了，阎诚提出要换成明星打广告。武翩翩的理由是没有必要花这个钱，产品早已深入人心，销量稳定。

再说，你想干什么？男人有钱就变坏喽。

面对不可理喻，阎诚也没法坚持。

这事就这么拖下来了，武阿姨的标准姿势就是两只手臂在胸前从容一挽，呈麻花状，脑袋从左往右精神抖擞地一甩头发，"健康的秀发源于正确的选择，青玛，柔顺冰爽每一天。"

还算亲民吧。

毛毛要撤销这条广告，换成最当红的一线女明星。

毛毛说，优质的头发不是毛线球，不能只是够黑够密。它是黑色的瀑布，从肩膀可以弹到头顶。青玛香波不光是中老年人的产品，也要有足够的吸引力让年轻人加入消费者的队伍。

而且日化产品营销的终极铁律是年轻年轻更年轻。这是各个年龄段女人不变的追求，打年轻牌是永远不会出错的。我们的广告即使不必庸俗肤浅地做表面文章，至少也要暗合心声。

口红要研发出多层次多色彩的系列，形成口红家族。

推广绿罐发膜要在一流的商场设立护发体验中心，免费做头皮和发质的测试，提供按摩、护发的臻致呵护，让消费者尽享顶级服务。

鹅蛋形香粉换包装，原来老土的破纸盒换成珐琅的，但是只换个包装就升价，消费者会心生怨恨。鹅蛋香粉最大的问题是没有粉扑，非常不方便。毛毛说，化妆工具是化妆品的一部分，要研制出最好用又最简便的粉扑，令这款产品更加完美。

尹大觉得毛毛不愧是营销天才，每一个举动，甚至每一句话，都做到和说到了她的心坎上。

但这一切对于武翩翩来说形成了一道看不见的内伤。

她不再暴怒、吵闹、满嘴怨言，而是一言不发，每天下班黑口黑面地回到家，随便吃一点饭就回房间了。

或者干脆不回家，在外面喝酒。

酒后，她对人说，我和阎诚一个汗珠摔八瓣地打下这份江山，却让这个女人来败，说到败家，那也应该是我来败啊。

我他妈的一个爱玛仕的包包都没有，鞋子都没有超过200块钱的。

我看见我的广告纸片人七横八竖地扔上垃圾车，真的是心如刀绞啊。

尹大到底要干什么？铁打的一份家业就这样拱手让给了一个不相干的女人，让这个女人随心所欲。

但是她也不能跳出来直接反对毛毛的做法，这本来就是人家的权限，而且管理公司的措施哪有什么对错？必须等到出成绩或者出问题时才见分晓。

然而看见公司花钱如流水，最心痛的人肯定是武翩翩。

她不就是抠门嘛，她怎么会明白，比挣钱更难的是花钱。把钱花在刀刃上。

这么艰深的道理她是不会明白的。

天气很好，是南方少有的净朗、干燥，和风习习。尹大的心情也如天气一样明媚，一切都比想象的还要称心如意。

曾司机开的车稳稳地停在了公司门口，尹大下了车。

黎丁和秘书室的两个人马上迎了上来，尹大今天到公司是听会的，有一些决策性的意见要讨论，中层以上的干部都要参加。

尹大走进会议室，明显感觉到公司氛围的微妙变化，少了一些家族气息，大家对于毛毛的态度不再刻板、僵硬，不仅对她十分尊重，似乎也比较认可她的工作作风。毛毛也很会做，恭敬地站在她的身旁，为她拉开椅子。

只有武翩翩坐在大型椭圆形研判桌前，阴沉着一张脸。

会议进行得还算顺利，尹大并不是什么重要会议都参加，但有时会来坐一坐，最重要的是为毛毛坐镇，让公司上层的人心里踏实。

谁都没有想到，为了鹅蛋形香粉的粉扑问题，引起了一场唇枪舌剑。

产品研发部山寨了一款粉扑，抄袭的是韩国的一家专利产品，这种粉扑好用、顺手、涂抹上粉均匀轻薄，特点是见水即碎，清理是用干净纸巾擦拭便纤尘不染。山寨的当然没那么好，产品粗糙，而且见水不化，干纸巾擦拭也擦不干净，还是脏脏的。

茅诺曼道："这是什么产品啊，还毁了我们的香粉。"

大家都不说话。

产品研发部一直是武翩翩负责，怎么说？说什么？

茅诺曼继续道："既然是韩国的专利，就派人到韩国去买啊。"

武翩翩当即脸色一黑，神情尽现：你说得轻巧，敢情不是花你的钱，你到公司才几天？没看你制订提高营业额的规划，全部都是花花花、买买买。你以为这是网购啊，是烧钱炫富好吗？你干脆用美元点烟好了。

研发部的部长小声道："可是很贵呀。"

茅诺曼道："当然贵啊，谁叫你们研制不出来，你们研制出自己的新产品，韩国专利拿多少钱你们也拿多少钱。"

说来也怪，这时大家的目光齐刷刷地，几乎全部集中在武翩翩身上，因为公司规定，研发部的人只拿研发产品专利的百分之三十的酬金。

为什么？

武翩翩振振有词，公司已经付出了工资，在研发部拿工资就是搞研发的。

茅诺曼道："公司付出的工资，只够山寨这种低廉粗糙的产品。"她指了指那个山寨粉扑。有人笑，也有人眼睛一亮。

在场的人开始争论不休。

茅诺曼不说话，武翩翩也不说话，但是两股气势形成对流。空气里弥漫着火药味，作为一个观望者，尹大觉得这样看戏还挺不错的，愉悦身心。

她也一言不发。

争论告一段落，茅诺曼突然说道："阎黎丁，你也可以谈一下自己的看法。"

毛毛的聪明永远体现在细节上。所谓不忘初心，她这是在用行动表白，她尽忠的不仅是公司，同时也是公司的继承人。

黎丁倒也并不惊慌，他的回答大大超出尹大的期望值。他表示同意茅总的意见，因为在国外也是一样，原创总是最困难的，也是最宝贵的，更是一家公司不可替代的核心竞争力。研发人员的工资或奖金、酬金超过总经理，甚至总统，这在国外也是非常正常的一件事。

他的回答引来了一片掌声。

如果阎副官还活着，肯定会说，这孩子浇大粪了吗？

怎么成长得这么快？

一辈子都改不掉的粗俗。

尹大嘴角上扬，带出一丝欣慰的笑意。

快下班的时候，黎丁收到艺殊的短信，只有两个字"贝九"。

他会心一笑，秒回了一个 OK 的手势。

贝九是一家法式西餐厅，深藏在君悦酒店的三十二层，据称是一个日本人完成的设计，沿用了数百年坚持下来的"贫困"美学，认为简素和空寂离奢侈更近，以至于整体看上去没什么设计。但是光线非常讲究，光源减到最低，突出休闲和安静，关键是配合观赏窗外的景致，一点也不繁复跳跃。

装潢是考究的五星级标准，但是最出名的还是坐在里面用餐，可以观看到星光下灯火璀璨的都市夜空。

与梦幻般景致相匹配的，是它的荣誉出品——贝九牛排。

当然价格不菲，还要预定。这样才有足够的时间给特级的牛排做局部按摩，用专属的配料浸润，然后再做处理。

总之，客人们必须有足够的耐心品味红酒，欣赏前菜。

酝酿美食巨献降临前的期待和心悸。

直到餐厅里贝多芬第九交响乐《欢乐颂》的旋律响起，这时通往后厨的大门洞开，高大帅气的男侍应生举着托盘，踩着音乐的节奏鱼贯而入，将做好的牛排依次放在客人的餐桌上，又在某一音节的节点，微笑着统一打开银制托盘闪闪发亮的盖子。人们会无法抑制地惊呼一声。

然后心花怒放，味蕾大开。

经典而欢快的音乐让人稍稍兴奋起来，这时送到口中的牛排多汁爆浆，美味到无以复加无以言表。只有交响乐能够抒发出内心的震撼和情感。

餐厅其实根本没有名字，口口相传变成了贝九。

艺殊并不是一个物质女孩，如果不是遇到特别开心的事，她不会主动提出去贝九。显然，她实在是兴奋异常。

人与人之间的关系还真是化学反应，红色的药水却可以搭配出蓝色的烟雾。本来，在黎丁的心目中，毛毛阿姨在骨子里是麻烦和难缠的，想不到却是他生命里的一股清流。她其实挺简单的，而且表里如一，反倒让黎丁在充满铜臭气的商场耳目一新。艺殊也喜欢毛毛阿姨，她对黎丁说，你拔她一根头发去做亲子鉴定吧，说不定是你的亲妈。

要不她干吗对我这么好？是因为爱你好吗？

哦，是吗？是这样啊。

艺殊是想都想不到的开挂了，因为姨妈红的口红又出了天鹅绒哑光唇釉，二十四小时不脱妆，洗完热水澡，那一抹烈焰红唇还在。当然还是她做唇模，而且还上了时尚杂志的封面，她用右手的大拇指推着嘟嘟唇，神情极具诱惑。

口红家族在各大商场所设的专柜"我的名字叫红"，室内设计装修这一块，也是由艺殊负责，简直名利双收。

什么澳洲之旅，根本不值一提。

黎丁越想越高兴，一边哼着小调一边收拾桌面准备下班。

电梯的门开了，这是青玛高层管理人员专属电梯，必须输入密码解锁，否则纹丝不动。黎丁的办公桌正对着电梯。

母亲挂着脸从电梯里走了出来。

黎丁起身，停止了手上的整理。他没有说话，但是心里明白今天在公司战略会议上的对抗，母亲应该很不高兴。

"我们一起下班吧，我想跟你谈谈。"母亲说道，语气平淡。

"我还有事，我已经告诉奶奶不回去吃饭了。"

"什么事？"

"反正有事，要不我们晚点再谈。"

"什么事你不能跟我说，"母亲的眉毛拧成一个疙瘩，"是约会吗？跟那个十八线的小明星？"

阎黎丁不说话，也不看母亲，他不想跟母亲吵架，何况还是在公司里。

"我早就跟你说了，死了这条心。合适你的另一半还没有出现呢，当然一定会出现。"母亲的神情自信满满，但又秒变长脸继续说道："那个女的不行，她就算了吧，也不看看自己的出身，城市贫民。"

"老师怎么能算城市贫民？很体面啊。"

"教职高的老师还不是城市贫民？难道是知识分子？

还体面？帮帮忙哦。"

"我们又不缺钱，干吗非要找有钱人。"黎丁小声回道。

母亲哼了一声道："又不是我要她的钱，没钱就没品位啊，你看她的穿着、神情，全身上下所有的一切都跟鸡似的。"

"妈，你可以不喜欢她，但请你不要这样说她。"黎丁不快道。

母亲反而提高嗓音道："如果是我，第一个撤销的就应该是迟艺殊的广告，低级趣味。什么烈焰红唇急待抚慰，不是鸡是什么？一身的风尘气。不是我多嘴，有的人选择广告的品位也太没有水准了吧。"

黎丁下意识地看了一眼总经理办公室虚掩的大门。

"我就是要让她听见。"母亲开始火大，估计千头万绪涌上心头。

感觉被当胸踢了一脚，黎丁憋得透不过气来，根本无力应答。母亲开始喋喋不休，声音又格外高亢。对于强势的母亲，黎丁一筹莫展。

这时，桌面上的固话对讲机响起了悦耳的铃声。

黎丁按键，显示的红灯变成了绿灯，对讲机里传出毛毛阿姨的声音："阎黎丁，今晚你加个班，美国领事馆有一个商业活动，你跟我过去，有些人你还是要认识一下。"她的语气平缓，却没有半点商量的余地，让人只能答道"好的。"

母亲只能停止了抱怨，板着一张脸走了。

奔驰车披着夜色，缓缓而行。

因为是下班时间又是小周末，街道并不通畅，幸好也没有塞得一动不动，只是各种红灯各种慢。毛毛阿姨右手搭着方向盘，左边的胳膊撑着车窗的边缘，时不时地托着下颏休息。没有表情。

黎丁坐在副驾驶的位置，一路无话。

通常外出公事，毛毛阿姨会乘坐公司配给她的保姆车，有专属的司机为她贴心服务。为何她今天要自己开车？黎丁有些不安，哪有外出办事总经理给助理开车的？感觉不对，但是也不敢问。而且母亲刚才的抱怨，他也不确定毛毛阿姨听到了多少，并不方便说什么。

一边还想着待会怎么抽空去洗手间给艺殊打个电话，

取消约会。

估计她已经坐在餐厅里了。曾经有一次，因为他加班，艺殊等了他五个小时，居然没有抱怨一句，这让他更不好意思让她等待，直接取消约会还比较好。

艺殊应该也不喜欢母亲，虽然没有在他面前说过什么，但是自从母亲知道他喜欢艺殊之后，在任何场合都不看艺殊一眼，即使艺殊鞠躬问好她也绝不理她，像没看见一样，永远是凌辱的神情。

母亲是没法沟通的人。

黎丁感觉脑袋像报废的电台嗡嗡作响。

"应该是这里吧？"

毛毛阿姨说话的声音，猛然间令黎丁如梦初醒。他侧过脸去，看见毛毛阿姨温和的目光。她又说了一次："是这里吧？"

黎丁这才意识到轿车已经驶上酒店的专用通道，停在大堂门前。重叠如织的灯光象征着永恒的奢华和欲望。再一辨认，是君悦酒店啊。难道美领馆的活动也在这里吗？也太巧了吧？

"你不是在这里有约会吗？"毛毛阿姨说道。

黎丁惊到说不出话来。

毛毛阿姨笑道:"你下班前一直在哼《欢乐颂》啊。"

"可是,可是,"黎丁有些语无伦次,"可是美领馆的活动怎么办?"

"哪有什么美领馆的活动,只要是涉外活动半年前就会定下来。"毛毛阿姨莞尔,微扬下巴,示意黎丁快去吧。

黎丁木着脑袋下了车,待他反应过来这一切是怎么一回事时,毛毛阿姨的奔驰车已经绝尘而去。

他只能冲着那个方向行了一个注目礼。

七

按照茅诺曼的本意，她并不想事事与武翩翩针锋相对。

这不是她的初心。

然而冥冥之中草蛇灰线，总是看似毫不相干地绕了一圈之后，又与她狭路相逢，爆发巷战，终究还是动了她的奶酪。

周日，难得的好天气。

咖啡，全麦面包片，一个水煮蛋。她的早餐就是这么单调和沉闷，犹如她的人生。其实茅诺曼的内心并不向往成功，她喜欢轻松一点的人生，也曾有过女文青的各种梦想。非常不幸，走到今天变成了单调和沉闷的集大成者。甚至睡懒觉也成为奢望，总会有一些乱七八糟的思绪让人按时醒来。

她打开手机，微信上堆满了各种邀约：习琴，骑行，画油画，去四季酒店喝茶吃点心，水疗按摩，做美容，瑜伽等等，花样翻新。

她想了想，关掉了手机。

的确是太累了，每当此时，她都选择独处，像一摊烂泥一样肆意。

所有的关系中，人际关系是最累的，并不比上班轻松，要讲很多的话，还要保持得体和微笑。

最难理清的则是情债，源远流长。

她知道坊间流传着关于她的故事，各种来龙去脉甚至都触动了她的好奇心，希望知道最后的结局和下场。然而每个人的故事其实都深埋心底，五味杂陈却又平淡无奇和光同尘，说出来便没了味道，成为别人的故事。

从国外留学回来之后，她仍旧风华正茂。

知识，是女人一生的容颜，她直发，净色的衣服，全身上下包括穿戴提包鞋袜不会超出三种颜色。但是她变得沉静温婉，清澈如水，摆脱了土气和拘谨，找到了来自心底的自信。

很快找到了一份稳定的外企工作。

经人介绍，她认识了大学老师肖千里。肖千里的条件还不错，是家里的独生子，本人也是学霸出身。本来肖老师有一个谈婚论嫁的女朋友，据说感情相当稳定，但因为肖老师工作辛苦精进业务比较拼，就在结婚前夕，突然得了急性肝炎。

住进医院后，女朋友也是衣不解带地精心守护，等到肖老师身体痊愈之后，才礼貌地提出分手。原因是女方父母坚称"男肝女肾"，肖老师既然得过这么重的病，就算治好了，他们也还是会为女儿的生活远景担忧。

诸多纠结之后，两个人还是平静分手了。

经人介绍，茅诺曼和肖千里偶遇，都是行尸走肉一般的状态。

同是天涯沦落人，相逢何必曾相识。

茅诺曼认识肖老师时，他瘦得不像话，人消沉得毫无生息。这样情路坎坷的两个人，都像是拆掉了偏旁部首的汉字，如果合起来，但愿成为一个新字。

否则都不成样子。

那段时间，茅诺曼觉得自己变得有些分裂，一方面感同身受地做一些营养品送给肖老师吃，很有教养也很真诚地为肖千里的健康着想，另一方面又会常常想起阎诚，他的音容笑貌时时闪现在眼前，像磁铁一样吸引着她。

两个人心里都明白，对方是劫后余生中所能够遇到的最理想的对象，所以都小心翼翼相敬如宾。

毕竟有人关心和照顾还是不一样的，肖千里的身体渐好，人也胖一些了，恢复了原有的周正和朝气，仔细打量并不像暴瘦的时候那么难看，高颧骨，乱草一样的头发，蜡黄干枯的脸色。

他还是有几分帅气和潇洒的。

后来肖千里说过，他开始怀疑并且厌倦了所谓如胶似漆的亲密关系，不是说消失就消失得灰飞烟灭，放弃就放弃得干净利落吗？那才是现代都市人应有的气魄吧。他删除了前女友全部的联络方式，希望一切重新开始。

而茅诺曼的沉静和疏离的气息反而是他喜欢的，他发现了她身上宝贵的气质，甚至是他前女友并不具备的。

人的觉醒和成长通常是在受到伤害之后，失恋是重要的一课。

其实每个人都有面对现实的能力，多么浓烈呛人、脱缰野马般的情感都会被时间慢慢稀释。

他们都在努力不想起另一半。

后来，自然是毫无悬念地结婚了。

半年之后，她怀孕了。问题就出在孩子身上，不知是什么原因，孩子生下来就死了，而且是个男孩子。他们都没法面对这场灾难，不是没有休止的争吵和埋怨，而是相对无言的痛心和冷漠，一直发展到半个月一个月都不说一句话。

还是不够爱啊。

爱是一种看不见的储备，无惊无险可以平淡一生，大的哀伤面前到底不行。

离婚是她提出来的。

所有人记住的都是她的辉煌，她在社交场所，在沙龙，在谈判桌或者领奖台上，她独一无二的仪态，微笑，魅力十足，既低调内敛又耀眼夺目。

而她脑海中久久无法离去的，却是曾经买好的，收拾得干净柔软的婴儿床，鹅黄色的质地如细沙般的长方浴巾，上面绣着毛茸茸的小鸭子。它们变成静物，成为无限哀伤的一幅画作。

而她一个人面对着空荡荡的育婴室，豆大的眼泪狠狠地掉下来，砸在地板上。

离婚后的第一个生日，夜幕降临，在简朴的出租屋里，陪伴她的是淡淡的霉味和瘆人的宁静。她一个人坐在地板上，背靠着床，单人份的黑森林蛋糕上点着蜡烛，孤零零地在茶几上闪动着火光。临街的室外，一辆洒水车叮叮当当地穿过马路，奏着音符简单的《生日歌》，实在是很想跑到马路上去向它鞠躬致谢。

离婚这件事，三年之后才告诉家里。

因为最艰辛的那段时间，父亲病重。治病需要钱，家里把"南北行"盘了出去，父亲当时叹息，说是卖祖产，人就被掏空了，还治什么病？但也没有办法，钱花干净了，并没有治好父亲的病。仿佛是为了对自己有交代——总之我们尽力了。

那时她瘦到八十多斤。

开不了口说自己的事，也不能住家里。

父亲走后很长一段时间，母亲问她怎么没见肖千里上门了。她才淡淡回道"我们分开了"。母亲叹道，或许你父亲早就猜到，所以一直嘱我不要问你。

又说父亲走前留了话，叫茅诺曼抽空到六榕寺给孩子做个法事，算是了结。否则总是让他惦记，心里不好受。

茅诺曼当即落下泪来。

此后母亲一直跟着哥哥过日子。茅诺曼赚到第一桶金时就给他们买了房子。

然而第一桶金来得并不容易。

所谓的成功自然要从求学开始，那时候的她认为学习的机会是用自己的初恋换来的，所以倍加珍惜，几乎天天泡在图书馆，永远都在学习、念书、做笔记。同宿舍的另一个女孩是个黑人，要求调换宿舍，因为茅诺曼常常忘记洗头洗澡，黑人都嫌她有味道了，而她自己浑然不觉。

工作以后更是废寝忘食，有一次在办公室加班至半夜，把椅子拼在一块睡觉，盖着厚厚的报纸。

六小杯白酒，600万。喝下去就签合同。她喝了，然后去洗手间压住舌根吐出来，酒和食物混杂在一起，难闻的味道，从食管到胃部牵拉的钝痛。漱口的时候，她看见镜子中的自己并没有崩溃落泪，而是平静地补了一点口红。

然后和颜悦色地返回到餐桌上。

还有一次罹患肺炎咳得天昏地暗，住在医院每天吊抗生素，进行各种检查，这样吊了两周。出院的时候医生才说，怎么没有一个人来看你？

不是没有。就算是她的下级，住院都会被鲜花包围，收到各种营养品堆积如小山。只是她已经习惯了独自面对自己的难题，不是维护形象，也不是故作坚强。而是，对于那个状态的自己，恕不打扰。

人有多风光，就有多凄清。

我们都是戏子，要想人前显贵，必须人后受罪。

又检查一次关掉的手机，干脆把电池卸下来。

她没有梳洗，一身绵软的睡袍裹在罗汉床上，半靠着金丝孔雀蓝的抱枕。黑胶唱片里播放着孟广禄的《双投唐》。

"讲什么真龙下天堂，孤今看来也平常。……唐室的江山归兄掌，封你个一字并肩王。"

苍劲悠远的唱腔，伴奏紧管急弦行云流水，百听不厌。

"任你点动千员将，雪霜焉能见太阳。"

私下里的茅诺曼其实慵懒不羁，既然没有甜美的面孔，她也很少刻意保养，与适度的皱纹和平共处，这让她略带一点点颓废的气质。偶尔的，不经意间的潮酷不过是点睛之笔，镇住一些不相干的人。更多的时候她喜欢自然、随意又不失端庄。无论如何，过分打扮是一件丢脸或失分的事。

所以啊，要让自己彻底松弛下来。

中午，她吃了一碗日本黑蒜油泡面。

翻了一会闲书，这才觉得应该出去走一走，唯蓝天白云不可辜负。她决定开车去二沙岛，在江边行走放空。

她换了一身白色的运动服，清水洗脸，只拍了一层爽肤水，并没有涂防晒霜。头发随意在脑后一扎，凌乱中倒也利落。

是日前时兴的起床头。

电梯直接下到车库。她住的是高尚小区，几乎所有的公共场所都见不到人。

住户稀少。

她发动了车子，这时有人在左侧轻轻敲击她的车窗，定睛一看，是青玛公司储运部方部长。待她摇下车窗，方部长一直恭敬地微哈着腰，脸上却有一种不容侵犯的执着。他迫不及待道："茅总，我上午10点就在这里等你了。"

他的车停在对面，是黑色的凯美瑞，看来是在车上等待她的出现。她很想训斥他"有什么事不能上班再说呢？要占用我的私人时间"。当然她忍住了。

并且尽量平静道："有重要的事吗？在这里说还是到上面咖啡厅说？"

方部长想了想道："就在这儿说吧。"

茅诺曼指了指副驾驶的位置。

方部长大步流星到另一侧上了车。

即使是阎诚在世的时候，青玛公司的内部管理也可圈可点。

茅诺曼接手青玛之后，外请了专业的管理团队进驻公司清查账目并且整肃纪律，仓储这一块当然是重中之重，否则辛辛苦苦创造出来的财富，会从下水道分流而走，并且无声无息。

专业管理团队被戏称为"中央巡视组"，"巡视"的结果自然有各种问题。比较出人意料的是仓库货品丢失现象严重，账面与实数完全不符，也就是说把数字做平的假账都维持不住了。方部长当然会坐卧不宁，找上门来的举动也不足为奇。

本来周一公司就是要开公开说明会，把事情摆到桌面上谈。

"我这里有三本账，"方部长坐在茅诺曼的身边，神情渐渐平复，并从手提包里拿出私藏的账本，他倒是开门见山，"茅总，我承认我利用职权，低价把公司的产品批到我家开的小超市去，但我声明都是快过期的，或者残次商品，我这里有账，查批号就一目了然。"

茅诺曼没有说话，等待方部长继续说下去，肯定下面的情况才是重点。

方部长说，公司官网的销售一直是武翩翩负责，于是她顺手就做了一个老鼠仓，是她弟弟家开的网店，基本就是拿着空口袋来背米，直接开车过来到仓库搬货。我说无论如何要有个出仓单，一开始象征性地开过几次，后来嫌麻烦又省略了。她说，我负责这块，我又不查你。别人也劝我，公司都是人家的，又不是什么国化二厂你较什么真啊。可是私底下，她又叫我不要告诉阎诚，半点口风都不能漏。因为阎诚最讨厌公私不分，这种坏规矩的事是绝对不能允许的。

裙带关系的人想进公司基本没门。阎总也是这样要求自己的，三姑六婆的事宁愿给他们创业基金，也不请到公司来造成复杂的人际关系。

我夹在中间，当然也不敢告诉阎总。方部长继续说道，但是时间长了，储运部的人不可能不知道，虽然嘴上不说，但也有人开始偷公司的产品，发现的时候怎么查得出来？每个人都是一脸无辜。不过我这里是有账的。

武翩翩涉及的账目数字最大。

怎么就是绕不开她呢？茅诺曼的眉头皱了一下，仍旧没有说话。

她一直告诫自己，语速尽量不要超过思维的速度。何况是在一个下级面前，她从来都不会轻易表态。

八

母亲终于病倒了，是胃痉挛。

痛得她面色苍白，直不起腰，豆大的汗珠从额头上掉下来。吃了药之后也只能躺在家里休息。

毛毛阿姨知道以后，就叫黎丁暂时不要上班，在家陪母亲。

秘书室的人会兼顾黎丁的工作。

人们都以为产品升级是毛毛阿姨整治青玛公司的大手笔，但其实那不过是个前菜，也就是海鲜大餐前的拍黄瓜。

她真正的大手笔是在青玛公司成立了"产品安全中心"。

母亲第一个蹦起来：还反恐部队呐，我们是不是要演《国土安全》的大戏码？简直莫名其妙啊。

这件事在公司战略研判会上也争论得相当激烈，每一种观点似乎都挺有道理，黎丁完全失去判断。毛毛阿姨坚持的理由是，随着公司不断地研发新产品，相配合的肯定是产品质量问题，这方面如果没有专业的部门把关，出了事就是大事。而且现在资讯过于发达，乱象横生，个人对于公司或者社会的侵害门槛很低。随便一个谣言搞垮一个企业的事并不少见，所以必须成立安全中心应对当前一系列的隐患。

母亲的一口老血还没咳出来，第二声惊雷又炸响了。

毛毛阿姨说，青玛公司必须做环保公益活动，这是一个化工企业的规定动作，因为有污染有效益就得回报社会，这关系到公司形象和在消费者心中无形的地位，是无论多少广告费都达不到的效果。同时，在全国各地捐建一百所希望小学，也在政府那里得到良好的印象分，以后在与政府互动或者需要他们帮助时才有对话的基础。

母亲差不多要背过气去了。

又是花钱。

她没把青玛的蛋糕做大也就算了，现在要怎样？直接分掉？

我们又不是"田园"跨国公司，需要那么高大上吗？

青玛是慈善机构吗？

还是她要做商界的白莲花，血管里滚动着道德的热血？妈的我们全是脏到冒泡的淤泥，全是从头烂到脚的混账王八蛋，就是为了衬托她的品格高洁，他妈的她是什么玩意儿啊？她没为青玛赚过一分钱，凭什么青玛要成为她的形象工程啊？

这还有天理吗？

母亲不止一次在黎丁面前破口大骂。

然而这些平地惊雷的决策，就是争到拍桌子摔凳子各种变脸的节奏，奶奶都毫不惊奇，也都是支持毛毛阿姨的，都坚定地站在毛毛阿姨这一边。

巨额的资金流出，奶奶的眉头都没跳一下。

这样的态势，母亲自然就生病了。

黎丁的立场也变得有些尴尬。

从感情上说，他肯定是向着母亲的，母子连心自不必说。而且这么多年，他看着母亲为了公司呕心沥血，像一块大抹布似的维持着公司的运转，照顾到方方面面。每当订单多的时候，母亲都要亲自下到基层，跟厂长、车间主任一起喝酒，为他们鼓劲以防工人掉链子，确保在工期内完成合同。

父亲是一个只管决策的人，又喜欢看名人传记，希望自己身上有伟人风范。而母亲却是要让这些决策落地的人，要把所有细节做到位的人。青玛的每一分钱在她的眼中都比车轮子还大，黎丁是完全可以理解的。

但是从理性出发，黎丁又觉得毛毛阿姨也没有错，她是真心希望青玛公司上一个台阶。谁都知道市场是残酷的，是血腥的屠宰场，是无形的搅肉机，在这个风云变幻的时代，毫无变化的传统企业随时都可能被消灭得一干二净。

他只好保持沉默。

中午，黎丁把保姆煲好的瑶柱白果粥端到母亲的房间里。

母亲披着一件抓绒的外套半靠在床上，面有菜色，眼神黯淡。她看了一眼白粥，还是没有胃口的样子。

黎丁坐在床前的椅子上。

母亲神情凝重，低声说道，"你还是上半天班吧，公司里一个自己人也没有，我不放心。"

"嗯。"

"看到了吧，我都变成什么样子了？这个女人很坏也很狡猾，不是省油的灯。你要尽快成长起来，把我们的公司夺过来。"

母亲总是这样，如果不把所有的关系庸俗化，她就没有办法思考问题。观念不同其实很正常，但是变成两个阵营的对立，至亲的人就没法选择。

可是母亲病着，他又能说什么呢？

"还有，我说过暗箭难防吧，就是这个歹毒的女人，把你舅舅的网店直接就给抹去了，像抹去一滴蚊子血似的不留痕迹。你也知道你舅舅是独生子，一条腿有残疾，好不容易养大个女儿又不找工作死宅在家里，没有了这个网店你叫他们怎么活？"母亲继续说道，"小时候舅舅对你多好，他多爱你。"说完还叹了口气。

然而黎丁了解的情况好像并不是这样。

前不久舅舅还换了新车，是新款顶级配置的雷克萨斯；舅妈和他们的女儿都是名牌控，还经常买限量版；常常全家出动去吃丽兹卡尔顿酒店的自助餐。总之并没有挣扎在贫困线上。

这一次储运部出现状况，货品失窃严重。毛毛阿姨把整件事情压下来，无非是因为母亲帮助舅舅做老鼠仓。

毛毛阿姨处理得小心翼翼：以往的问题不再追究。但是从此以后，凡是网上售出的产品全部换包装，有极高的识别度。这样线下的产品就无法混入其中。而且凡是运出工厂大门的货品，全部打出时间的印记，以便追查到值班的责任人。此外，还订出了诸多细则以及与其他部门间的相互制约条令，使公司的产品零流失。

"我总有一天死在她的手里。"母亲哀叹道，一脸死灰。

阎黎丁很想说点什么，但终究什么都没说，也不知道怎么说。

他越爱母亲，也就越沉默。

母亲喝了粥，又吃了药，需要睡一会儿。

黎丁走出母亲的房间，他并不打算去上班，也没有被迫害妄想症。可是胸口还是闷闷的，他决定到阳台上去透透气。

阳台有将近八十平方，目光所及，近处是修剪得一丝不苟的园林景观，重重叠叠的绿色青葱拔翠，远处是无敌江景和伟岸的猎德大桥。这一处的高档住宅至少有一半的价格是用来买景的,要养眼就要花钱。

奶奶在一张躺椅上睡着了。

虽然只是微风习习,黎丁还是去屋里拿了一张薄薄的毛毯搭在奶奶身上。奶奶的脸色甚是安详,仿佛是身心俱疲之后的舒心,嘴角还要一点点不为人察的笑意。黎丁希望奶奶多睡一会儿。

自从父亲过世,他在心中是非常紧张奶奶的。以前他的性格虽然刻板、自律,但还是相对轻松自在,基本上随心所欲,他身上的优越感属于闷骚型。可是父亲走了之后,他似乎没有一天轻松过。母亲并不能指望,甚至觉得她有些可怜却又没有办法沟通,有些时候,母亲是比他还要任性的。

多少年来,母亲头顶早已不存在的美女加才女的桂冠,至今都还是她的负担。但实际上她得到的爱是极其有限的,这反而是事实。

记得十二岁的时候,他听班里的男同学鬼扯,回家也傻兮兮地问过母亲,你跟爸爸一个星期有几次性生活?

他记得母亲顿时神情黯淡,几秒钟之后淡淡说道,他

半夜两三点才回来，还生活什么。母亲当时的灰暗他至今难以忘怀。那一年她三十九岁。

只有奶奶是定海神针，她的坚强坚定，她的大开大合，每当关键的时刻她都临危不惧，在千万种可能性中找到正确的方向和办法。比如她请来毛毛阿姨，看似荒唐，却从根本上稳住了青玛。黎丁从心里是认可毛毛阿姨的，公司如果交给母亲，就是一个慢慢消亡的过程。

所以，尽管奶奶年纪大了，但是阎黎丁依旧是从里到外地依赖她。

扑的一声轻响惊醒了怔怔之中的黎丁，他循着声音看见一本书从奶奶的手中滑落到地上，黎丁捡起书，书名是《我在霞村的时候》。而奶奶的神情还是那么安详，那么无声无息。

一丝隐隐的恐惧令黎丁伏下身去，仔细端详着奶奶。

一树春风千万枝，嫩于金色软于丝。

这时，尹大的眼前出现了一片亮色，晃得人睁不开眼，在短暂的失明之后，她慢慢辨认出是春天来了，大地复苏，春光明媚。

她铺好宣纸，研墨，端坐在窗前写楷书。

写的竟然是"悲喜交集，泣笑叙阔"。

窗户敞开着，窗外有无尽的春色，还有熙熙攘攘的人流，欢快地，或者三五成群地走过。因为是春天，人们都是莫名地喜悦，仿佛凡事有了希望。

她只是冷不丁地抬起头来，随意的往窗外一瞥，竟然看见了阎诚，定睛一看，还真的是阎诚，他也没有行色匆匆，只是胳膊下方夹了本书，好像是《货币战争》之类的。他微低着头，若有所思地走着，他并没有看到尹大。

尹大丢掉毛笔，急忙追了出去。

她感觉到自己想象不到的健步如飞，像个年轻人一样脚不沾地地在人流中穿行，一边喊着阎诚的名字。

她一直追随着阎诚的背影，但是阎诚听不到，始终都没有回过头来。

又是一道白光闪烁，之后阎诚就消失了。

尹大睁开眼睛，感到满眼的日光刺目，醒过神来，才看到眼前的黎丁，一张素净的脸却是眉黑目明，秀色夺人，皮肤紧致得如细瓷一般。一时间，尹大想到刚才遇见的阎诚，仿佛他并没有走，只是去上班而已。

心中一阵怅然。

当然她也看到了黎丁掩饰不住的些许慌乱。

她很想对他说，不要那么重感情，会辛苦，会一事无成。

无论发生什么，都不要害怕，要坚强地走下去。人最终都是孤独的，都得靠自己一个人撑下去。

但是她最终说出口的，却是一句虚浮的话，"放心吧，黎丁，奶奶会陪着你，长长久久地陪着你。"

她看见黎丁一个劲地点头，不禁鼻子一酸。

第二天，母亲的病情好些了，虽然还要卧床休息，至少没有痛得那么凶险。

黎丁还是不想去上班。

上午躺在床上看书，中午吃完饭，他给艺殊打电话，只说了一句，我好累。

艺殊那一头沉默了几秒钟，道："我把这边的事处理一下，四十分钟以后过来接你。"说完就挂了电话。

她是典型的大女人，从不拖泥带水。这也是吸引黎丁的品质之一，当代社会如同战场，即便是恋爱中的男女，也应该全副武装，神情肃穆，相匹配的美式装备可以共同拼杀，也可以互补增援，同时具有一种庄严的革命者的情义。

四十分钟以后，黎丁来到楼下，果然看见艺殊的二手路虎，跟个泥猴子似的停在路边。艺殊站在车旁，一身短打，灰色的宽松卫衣，牛仔短裤，踝靴。两条腿笔直得像圆规一样。

相视一笑。

他上了车，虽然是休闲装，回力鞋，仍旧有型有款。

每次见到她，都觉得又美又酷。她素颜，头发有些凌乱，靴子也脏脏的，显然刚才是在工作现场。

但她一句解释也没有，毫不在意地上车，倒车、转弯，把车开上主干道。二手旧车哐哐当当起起伏伏的，颠得人屁股痛。

他喜欢她单手扶方向盘，回头倒车的样子，娇弱的女汉子。

她一边熟练驾驶，一边自语道，"这车也就我降得住它。"

黎丁道："我们去哪儿？"

"上山。"

黎丁不语，艺殊看他一眼，笑道："累才要上山啊。"

她便是他眼中妖冶的大丽花，是他的止痛药，只要能跟她在一起，总是可以放松，适宜，随便去哪里都无所谓。

他们把车停在鸣泉居，那里面有一条偏路通往白云山，访客出奇的少。

青玛剪不断理还乱的现状，艺殊应该知道一些，或许知道得更多也不一定。毕竟她接触到的人不是单一层面。

但是在黎丁面前她并不多嘴，该讲什么，讲到什么尺度，她都把握得恰到好处。

黎丁今天什么都不想说，难得她对青玛的事也闭口不提。

他有时都不敢相信，可以和一个女孩子如此默契。

山色空蒙。

也许是刚刚下过雨，雾气将散未散，一团一团聚集在山谷里。怪不得雨过天青色那么时髦，其实就是素，不亮，但是美，自带圣光。

山路并不陡峭，适合两个人有一搭无一搭地说着闲话。

不过还是渐渐气喘，额头渗出一层细汗。不自觉大口呼吸着新鲜而潮湿的空气，黎丁感到整个人慢慢松弛下来，的确没有那么累了。

这样走了两个多小时，总算到达山顶，空旷而寂寥。

茫然若失，实在会有一跃而起的冲动。

"你在干什么？喊山啊。"艺殊道。

"喊什么？"

"当然是喊'去你的北上广'，难道喊'我爱你中国'吗？"

不等黎丁做出反应，艺殊已经双手卷成喇叭，冲着山谷大声嘶喊"八格亚路——""妈蛋——"再怎么用力声音都非常细小，瞬间就被山谷掩埋，残留的情绪也消失得干干净净。

黎丁想象着自己像韩剧欧巴那样，仰天长啸。

但是他没有，他只是有些奇怪，难道艺殊比他还要心塞吗？

这是一个痛快的晚上。

两个人下山之后，去了兴盛街喝扎啤吃水煮鱼。这条街云集着各种酒吧、饭店和食肆档口，同样也云集着各路吃货和食神。双方众志成城，空气中弥漫着把狂吃进行到底的如同人民战争一般的宏伟气势。

　　这是一条英雄的街道，人们为了保卫最后的原始功能而奋斗。

　　艺殊还喝得比他疯狂。

　　走的时候叫了代驾。

　　两个人坐在路虎的后排座位上，十指紧扣。

　　即使脑袋昏昏沉沉，舌头也又直又木。分手的时候，艺殊还是递给黎丁一个袋子，里面是五味子的药袋和猴头菇口服液。

　　她解释说，药袋放到微波炉里叮一下，敷在胃部可以缓解疼痛。口服液一直都有稳定的效果。她还说，自从得知武阿姨常常胃痛，她两周前就买了这些东西，丢在车上，等到方便的时候交给黎丁。

　　"记住，微波炉里要放一碗水，是水的蒸气把药袋熏热的，否则会爆炸。"

　　"哦。"

"还有，就说是你买的，不要提我。胃痛的人不能生气。"

　　"哦。"

　　黎丁嘴上答应着，心里却十分惭愧，为什么每一次见面都感觉到，自己一点用都没有。而在一段美好的关系中，这种感觉真他妈的不好。

九

流氓姐姐是个烟嗓子。

她才四十岁出头，可是嗓子已经不脆亮了，暗沉并且沙哑。长相也是黑黑瘦瘦的，细长的眼睛，头发烫成玉米穗，爆炸一般地顶在头上。总之她不漂亮，但是一点都不会讨厌她。

见到黎丁，她掩饰不住热切，大力壁咚，既冷酷又炽热地盯住小男生的双眼，还用手指挑起黎丁的下巴。

阎黎丁的脸都红了。

流氓姐姐更加兴奋，夸奖黎丁是魏晋公子，古风耽美。

还是没有办法讨厌她，因为她既有才华，又那么真实自信。

她给茅诺曼打电话也是自报家门，她说我们见个面吧。不是商量而是接近命令的口气，根本没有办法拒绝。

她也不迟到，按照约定的时间走进茅诺曼的办公室。

"请问我可以抽烟吗？"

茅诺曼点头，并且把手边的烟灰缸递了过去。两个人面对面地坐下。她抽日本烟，用色情打火机，一个患巨乳症的裸体女人性感地张着嘴，眼神迷离，姿态撩人，嘴里喷出火苗。

她深深地吸了一口烟，整个人变得更加松弛，斜靠在沙发上。

眼神屌屌的，满脸的无所谓和独步天下的悠然自得。

流氓姐姐是一网红，她做的公号有将近 800 万的粉丝，号称手上有千军万马。这人早年是媒体人，深谙此道。纸媒刚一失势立刻头都不回地离去，赤手空拳地做"公号狗"。应该说她生逢其时，她的文章嬉笑怒骂，直言不讳，而且也敢于针砭时弊，拒绝鸡汤式的各种醍醐灌顶。所以很快打出了自己的一方天地。

这个时代，得粉丝者得天下。

许多大品牌追着她做软文或者硬广，令她牛气十足。

青玛公司成立产品安全中心之后，碰到的第一单事故，就是某一批号的洗发水中出现了细碎的塑料片，虽然是极其个别的现象，但是也有可能划伤消费者的头皮。如果任由事态自然发展，若被同行中的对手拿来大做文章，会给公司形象造成不良影响。幸好安全中心启动了应急措施，召回了那个批号的全部产品，处理了方方面面的善后事宜，使这一事故没有恶化到不可收拾的程度。

但也不是所有的事件都能够在萌芽状态得到处理。

前不久，在毫无征兆的情况下，流氓姐姐直接发出一篇网文，点名青玛公司的婴儿妈宝乳液中检出凝固酶阴性葡萄球菌超过许可标准，而人体特别是婴儿若过量接触到这类对抗生素具有耐药性的菌株，有可能造成中枢神经系统或者泌尿系统的感染。此文一出，便被病毒式传播，民众一片哗然。

青玛的安全中心简直是应运而生。

与其相关的部门迅速做出应对方案，采取了一系列措施调查这一紧急事件。首先这一批号的两百万瓶妈宝乳液查出质量问题的确是事实，但有足够的文件、数据和证据可以证明，这一批号的产品并未发货，全部放在仓库里等待处理。

流氓姐姐就是不相信这么大批量的不合格产品公司会

自行消化，这在国产护肤品业界是没有先例的事，肯定早已登上各大商场或超市的货架，并销往全国各地。所以毫无顾忌地发表了文章。

这个出人意料的结果通过正规媒体报道出来，不仅是安民告示，同时也相当于青玛公司重量级的广告。

当然，与此同时，流氓姐姐也收到了青玛公司发出的律师函。

将与她打有关名誉权的官司。

她找到公司来，自然是为了灭火。

既然是灭火，茅诺曼感觉也不应该是自己主动发声，所以两个人面对面地品尝咖啡，像是在喝下午茶的家庭主妇。

空气中除了咖啡独有的香气，还有一丝尴尬。

"嗯，你用的粉底不错，我的就不行，时间一长就卡粉。"流氓姐姐说道。她是一个聪明人，一开始就把姿态放低。

茅诺曼回道："小问题，待会我送给你一套青玛顶级的化妆品。"

"好吧，那就谈正事吧。"

茅诺曼点头，并且放下手上的杯子，看着流氓姐姐。

"你也知道我是来干吗的，"流氓姐姐轻松地说道，"既然人生所有的事情都不过是一盘生意，那我们就直接谈交易好了。"

她是有备而来啊，事先做足了功课，茅诺曼心想。但她还是没有说话，等待着流氓姐姐说下去。

"你看这样行不行，你们公司撤诉，为了报答你们，我给你报个大料。"

"什么大料？"

"我知道一个最大的制造青玛假货的窝点。"

"那又怎样？我又不是公安局，打掉这个窝点我没有半毛钱的利益。而且你也知道假货是打不完的。"

"那你想怎样？直说。"

"这样吧，我给你一张体验馆的金卡，你到我们的体验馆去护理头发，重点体会一下绿翻天的发膜。如果产品的确不错，帮我发一篇网文。"

"那不是自打嘴巴的打脸文吗？"

"错了就付出代价，是狗屎也吃下去。这不也是你的金句吗？"

没错，茅诺曼也做了姐姐的功课。流氓姐姐，本名冯月梅，广西玉林人。二十二岁结婚生女，也想过相夫教子的安稳日子，但还是以离婚收场。从此励精图治，埋头苦干，抱得江湖大名归。目前单身，女儿上了贵族学校。

姐姐想了想，又吸了口烟，道："成交。"

"谢谢。"

"算你狠，怪不得坊间都说你走过的地方都会变成不毛之地。领教了。"

茅诺曼莞尔："惺惺相惜吧。"

会心一笑友情深。

两个人又讨论了一会儿护肤品和超声刀除皱的功效，这才散了。

走的时候，流氓姐姐还不忘捏一捏阎黎丁的脸蛋。这才心满意足地走到电梯门口。茅诺曼笑道："你这可是性骚扰啊。"姐姐叹道："单身久了，都会变成狼。"

一边又小声道："看你这么淡定，肯定有男人爱着你。"

电梯到了，门向两边打开。

有个屁吧，茅诺曼心想。

一手挡住电梯的门，笑道："这么大的事我都算了，买一赠一，制假窝点还是告诉我吧。"

"妄想。"她轻轻笑道，按亮了关门键。

阎黎丁不明白毛毛阿姨为什么要对流氓姐姐这么客气，不仅送她护肤品、金卡，还满面春风地把她送到电梯口。流氓姐姐就一走亲戚的姿态，居然化干戈为玉帛了？这都什么情况啊？

吃晚饭的时候，餐桌上就他和奶奶两个人，母亲还只能休息喝白粥，曾司机吃完晚饭，在跟保姆通厨房的下水道。

难得的清静。

"她给公司造成了很大的伤害，而且这是我们稳赢的官司啊。"

奶奶笑道："打官司就是为了输赢，既然她都认输了，那还打什么。商家讲和气生财，最忌讳的是招惹官非。"

"嗯，就算是这样吧。可是流氓姐姐是坏人，为什么还要对她那么客气？"

"她不是坏人，只是对手，尊重旗鼓相当的对手就是尊重自己。真正掐起来反而让别人看了笑话。"

"可是还有太多的问题既没有真相，也不知道缘由，比如公司内部的质检报告是怎么流出去的？还有这件事的幕后肯定有利益相关人，流氓姐姐不可能平白无故地挑起事端，这是绝对不可能发生的事，我一个新兵都能看出来，里面大有文章啊。"

"找到告密者又怎样？知道了利益相关的公司是哪家又怎样？'告密者'和'相关人'永远都有下一个，这个世界铁幕重重，关键还是要把持住自己。'甜心'那么大的面包连锁店，就是因为被爆出来掺了过期面粉，一夜之间就死干净了；'王中王'洗发水当年都卖疯了，销售额远远超过青玛，中药配方并非纯中药还有致癌的嫌疑，就这一条消息，公司不知所措，完全不知道该怎么应对，整个企业灰飞烟灭退出江湖，下场十分惨烈。所以啊，抓到谁并不重要，境界决定生死。"

阎黎丁点头。

他有点明白为什么奶奶坚持要用毛毛阿姨了。

然而另一方面，他又更加为母亲担忧。因为经历了一些风雨，青玛公司的风评有了微妙的变化，全公司上下几乎是一边倒地倾向于毛毛阿姨。各个部门也都加强了责任心或者创新热情，至少是度过了父亲离开后可能出现的混乱局面，甚至还解决了一些父亲在世时的顽疾。

这真是让人松了口气。

黎丁的同学兼朋友，他家的变故还只是母亲过世，当总裁的父亲便乱了方阵，虽然明白了孩子的母亲为他做了许多琐碎的、不足以对外人道的细节，然而一旦这些细节无人打理，严重失守，同样是灭顶之灾。看上去公司还在运转似乎变化不大，但很快便环环失扣，一塌糊涂，根本经营不下去，倒闭了。

那家公司好大，是制鞋的。

新厂区开张的时候，黎丁还受同学之邀去那里玩。一切都欣欣向荣。同学的父亲、母亲各有一间办公室，大到他们穿着旱冰鞋在里面滑行、玩耍。

谓我心忧。

好在母亲的胃病渐好，可是她的内伤又好像更重了。

脸上一丝笑容也没有。

如果母亲在沉默中灭亡，那她就不是武翩翩了。

其实她的性格里有非常坚韧的另一面，父亲过世封锁消息的那几个月里，母亲一个人到公司上班，还要做出若无其事的样子。逢是有人问到父亲什么时候从国外回来，她还要面不改色，对答如流。

这对谁来说都非常残忍。

到了夜里却是另一番景象。有一次黎丁半夜饿了，起来做泡面。他听到了母亲房间里传来的隐忍的哭声。

他去了母亲的房间，母亲几乎是在黑暗中坐在床上，因为室内只开着一盏光线微弱的地灯。黎丁还是第一次看到母亲这么落寞和软弱，披头散发，溃不成军地哭泣。当时他的眼泪就流了下来，哀伤像巨浪一样在心中涌动。

也是因为父亲过世的重创，让他明白了以往无论多么无趣刻板的生活都是那么无忧无虑，那么令人难忘。

然而这一切戛然而止，迎面而来的是一个金光灿烂的大耳光。

他默默坐在母亲的床头，握住她的一只手。

母亲说，哪怕是不那么相爱，哪怕是天天吵架，也还是不希望他走，还是痛到心里时常颤抖。这就是夫妻一场。

母亲还说，不管喜欢不喜欢，我和你爸，我们日对夜对，都变成一个人了。

这也是他听过的母亲唯一的深情告白。

并且母亲对他说这些，自然是认为他是听得懂的。

这样的心境又没有办法对奶奶说，奶奶一度认为，对于父亲的离去，母亲根本不是装作若无其事，而是她本来就若无其事。

所以，尽管现在的青玛似乎换了明显的风向标，而且每件事都不如人意，但也还不会击垮母亲。她每天平静地上班，下班。她说这不算什么，老百姓本来就是墙头草，公司里的人也不例外。这就是老百姓最了不起的地方，顺应潮流，适者生存。谁当家就说谁好，跟所谓的是非对错一点关系都没有。

这样无惊无险地过了一段时间，母亲所领导的产品研发部隆重推出了"汉方计划"项目。

其中的汉方一号，就是根据《清宫医案》上载有的一款专为慈禧太后干洗头发用的"香发散"调制而成，方底是用玫瑰花、零陵香、檀香、公丁香、大黄、丹皮、细辛、白芷、山夷等料混合在一起研成细末，用苏合香油拌了晾干，再研成细粉调制成液状，任何时候都可以涂抹到头发上，不仅杀菌止痒，滋养头皮，而且散发出一种独特的香味。哪怕是公务繁忙来不及洗头发，只要用了香发散，并不会产生异味或者看上去污浊不堪，秒变清丽佳人，是终日行色匆匆的高级女白领的必备神器。

或许也是一个粉扑引发的创新高潮，所谓"重赏之下，必有勇夫"，不愧是千年古训。创研部的潜力可见一斑。

太棒了。毛毛阿姨看到企划书之后，发出了少有的惊呼。

她说，我已经看到钱了，正在向青玛涌来，我闻到了铜臭气，我太熟悉这种气味了，它本身充满了巨大的令人疯狂的魔力。

汉方计划得到了毛毛阿姨的大力支持。

于是，这两个有灵魂的女人奇迹般地坐到了一起，变成了并肩奋斗的亲密战友，看不出半点违和与缝隙。

一天中午，黎丁被派去买某一店家招牌的海南鸡饭，回来之后，他推开总经理办公室的门，简直不敢相信自己的眼睛。

大班台上的台式电脑屏幕前，母亲和毛毛阿姨的两颗脑袋几乎抵在一起，一边看着汉方计划的展示图，一边进行着热烈的讨论，全程交谈既兴奋又亲切，就像以往什么事都没有发生过一样。

　　绝代双骄。

十

工笔花卉要画得静，最不容易。

通常动用大色系，赤橙黄绿，容易喧腾热烈。春红桃花却要静如幽兰，想一想也难。可是画不出静态也就失了味道。

大约下午 3 点多钟，日光正值盛时，如瀑布倾泻而下。尹大坐在自己房间的窗前画工笔石榴，石榴咧开了嘴，露出一颗一颗晶莹饱满的果粒，半透明状几乎滴出水来。石榴红格外艳丽，有点甜。

她画得非常专注，整个人笼罩在日光之中。到了这把年龄，她握笔还能纹丝不动已非凡人所能。但是终究眼力不行了，喜欢盛光，享受宁静。

咣、咣，两声特别有力的敲门。

尹大打开房门，果然是武翩翩，一个蛮字写在脸上。

"妈，我要和你谈一谈。"她单刀直入道。

家里没人，尹大示意去客厅谈吧。武翩翩不肯，推开房门，径自进入尹大的房间，一屁股坐在小圆桌旁的一把靠背椅上。小圆桌上放着一套精巧的水晶玻璃茶具，偶尔泡泡玫瑰或者杭菊什么的。

　　尹大只好坐在另一侧的靠背椅上。

　　武翩翩象征性地环视了一下房间里的摆设，的确，身为一家人，她也很少来到尹大的房间。阎诚过世之后，更是闲人免进。

　　"妈，我就直说了吧，"武翩翩停顿片刻，直视尹大的眼睛，道，"你为什么要汉方计划下马？"

　　汉方计划的确是尹大要求茅诺曼下马的，茅诺曼倒是对这个计划很兴奋，认为如果发展得好可以变成公司具有核心竞争力的产品。但是尹大觉得现在许多公司和厂家都在搞所谓的中华老字号，而青玛的优势就是摩登和现代，手上一个老品牌都没有，再怎么搞也干不过曾经的陈年老店。所以她的意思是汉方计划暂时冷藏，等到时机成熟了再启动也不迟。

　　尹大淡淡说道："理由你也知道了吧。"

　　武翩翩哼了一声，冷笑道："妈，你可真逗，成立安全中心和通过公益计划，那么大的事你连整体方案看都没看就同意了。汉方计划是什么？小得跟鼻孔一样只是创研部的一个个案，怎么就不合时宜了？"

"嗯，就算是这样，你想说什么？"

"是，我是要说重点了。妈，你是想杀我吧？你派茅诺曼是来当杀手的吧？"

房间里突然静了下来，空气凝固了，直落冰点。

武翩翩继续说道："可惜茅诺曼不知道，还真以为是来振兴青玛的。所以决定跟我联手做汉方计划。没有办法，你只好隆重出场了，对吗？"

"神经病。"尹大四平八稳道。

"谁都知道，气急败坏是一号杀手，会唤醒身体里的癌细胞。你处心积虑地安排，不就是让我死吗？"武翩翩语气轻巧，但是每一个字都跟小石子似的，不仅坚硬无比而且火光四射。

尹大不紧不慢地回道，"那是你的理解。"

但是心底不由得暗自吃惊，想不到武翩翩并非完全愚钝，也有敏锐的时候。

漫长的沉默，其实是情感的对峙。

过了好一会儿，武翩翩突然变得心平气和了："妈对阁诚的感情，我能理解。可是他得病全因为是我，你觉得这样对我公平吗？好吧，就算我做得不好，做得不如你意，也不是死罪吧？妈有必要这么做吗？甚至不惜葬送青玛的利益和前途。"

"你要那么想，我也没办法。事实证明青玛比以前更好了。"

"是好是坏你问问财务总监就知道了，经济上的亏空只比你想象的大得多。"

"人无所舍，必无所成。"

武翩翩用鼻子哼了一声算作回应。

尹大斜了武翩翩一眼，不为所动，仍旧正色道，"没有亏就没有赚，大舍大得。我看重的是长远利益。"

武翩翩笑了："妈，当着阁诚的面，你就不能说句真话吗？"

尹大下意识地抬起头来，墙上挂着阁诚的遗照，照片上的他侧着头，笑得阳光灿烂。背景是健身房，他刚刚洗过澡，头发像水中的松针一根根立着，脸上的水迹如露珠般衬托着他的纯良英武。他正在系扣子，露出健壮的胸肌与臂膀，那时他才四十六岁，正值盛年，有着令人窒息的魅力。

此时此刻，他仍旧笑眯眯地注视着两个与他生命密切相关的女人。尹大一下子明白了武翩翩闯进来的真正目的，这个歹毒的女人。

武翩翩道："妈比我更知道这个世界根本没有神话，茅诺曼就更不是，绿翻天和鹅蛋粉花了多少钱华丽转身，到现在为止一盒都没卖出去。她的老东家，被吹得神乎其神的'田园'已经被本土品牌'爱美丽'收购了。市场就是这么残酷，不知好歹不分香臭，大家死得一样难看。"

尹大突然火道："死了又怎么样？我的一生波澜壮阔，如果当初看重几个小钱没有出来参加革命，也不会有今天。"

她知道她不能冲动，更不能失态，否则就是昭然若揭，但她终究忍受不住夜夜撕心裂肺的煎熬。明知道有人挖坑，却还是跳了进去。

图穷匕见。

武翩翩也是给惊着了，瞪大眼睛道："你是可以什么都不要，那我们怎么办？"

"黎丁可以去当口腔科大夫。"

"那我呢？去死吗？"

尹大用尽力气，才没有说出想说的那句话。

武翩翩倒吸了一口凉气，道："妈，你真要这样对我吗？当初是谁把我和阎诚绑到一块的呀。"

唯其如此，才不是自责而是仇恨加倍吧。

唯其如此，才觉得被深深地伤害和辜负了吧。

"平心而论，难道不是我和茅诺曼两个女人成全了阎诚吗？当年你逼走了茅诺曼，她不走行吗？你儿子有情有义，是茅小姐见钱眼开背叛了感情。你现在分配给她的角色算什么？不是惨烈而是残忍啊。"

那没办法，她是最有杀伤力的武器。

"我呢？阎诚一心想当儒商，可是他妈的这个世界上有儒商吗？他宽厚，仁慈，为人忠恳，有远大的抱负，他要树立这样的自我形象青玛能赚到钱吗？是我顶着雷，踩着屎，跟在他身后一步一泥泞地往前走，给他挡了多少明枪暗箭，为他当了多少恶人，变得面目狰狞。坏人总得有人来当啊，除了我，还会有谁愿意为他这么做？这难道还不是爱吗？只不过是妈你不理解的方式。"

一派胡言。

哪怕你善良一点，仁慈一点，做得好一点点，阎诚也不至于走得那么辛苦，那么决绝。谁跟坏人在一起还能健康地生活。

尹大面对眼前人，实在没什么好说的。有时候沉默也是一种回答。

武翩翩突然阴森森地笑了，半晌才若有所思道："用人杀人。妈，还是你够狠。"说完这话，笑意仍旧在她的脸上。

还是沉默。尹大犹如平静百年的火山。

她太知道怎么做能够激怒武翩翩了。

"但是非常抱歉，妈，我绝死不了，我一定会好好活着，睁着眼睛看到这出戏的大结局。"说完，武翩翩起身离去了。

她腰板笔直地出了门，又回过身来，异常冷静道："妈，以后也别去六榕寺了，既然决定放下佛经，立地杀人。没必要那么累。"

这回她真的走了，轻轻带上了房门。

良久，怒火中烧的尹大把一只水晶玻璃杯扔了出去。

杯子砸在厚重的木门上，随着一声脆响，粉身碎骨香消玉殒。

怎么回事？

茅诺曼坐在大班台前，陷入了沉思。

大班台上放着武翩翩送过来的辞职信，在这之前也交流过意见，以为她不过是发发牢骚，想不到真的变成现实。

她刚才来过，神情倒是非常平静。

开明车马，她决定投奔"爱美丽"，是猎头公司出面办的此事。她不仅要带走汉方计划，而且还要带走研发部的两名最有实力的科技人员。

爱美丽公司是日化业内新近出现的自带雄厚资金、体积庞大的航空母舰。一经问世，雷霆万钧，狂揽包括美容、美体、美肤、美发、美甲，以及强身健体、保养、养生等全方位的各类项目。烧钱烧得如火如荼，雄心万丈，不仅如此，还鲸吞、合并、并且收购了诸多大小公司，就像田园这样的百年老店也被超高价收购，不得不让人感受到经济浪潮下的血雨腥风。

茅诺曼不明白，为什么尹大要让汉方计划下马？

如果武翩翩带走汉方计划和科研人员，无论如何对青玛来说都是一个不小的震荡。而且茅诺曼深知自己只是一个过渡性人物，青玛最终还是要由武翩翩和阎黎丁掌管，怎么可能这样放走武翩翩呢？

上周五在文华酒店的早餐会上——当然了，还是因为尹大偏爱五星级早餐才演变成为在一起谈公事的模式——茅诺曼一直想说服尹大，希望她能够看到汉方计划带来的公司远景。但是尹大的态度相当固执，对汉方计划没有半点兴趣。自打到青玛上班，茅诺曼已经习惯了一路绿灯，这一次的障碍有点阴沟翻船的感觉。

她也知道尹大和武翩翩之间有矛盾，可是那又怎么样？这种矛盾能改变什么呢？还是一家人啊。

思来想去，茅诺曼还是拨通了曾司机的手机。

她想了解尹大的位置或者行程，还是希望和尹大见一面。毕竟私人感情不能代替公司事务，武翩翩的举动直接影响到公司的运营，这就不是家庭问题，而关系公司的决策和所受到的影响，成为茅诺曼绕不过去的一个问题。

"喂。"电话的那一头传来低沉而浑厚的声音，是曾司机。

茅诺曼非常客气地说明了自己的意图。

曾司机没有作声，沉吟片刻，道："如果还是为了武翩翩的事，就不用找尹大了，尹大已经说过了，随她去。所以这件事不要再提了。"

曾司机的口气和缓却又强硬，彬彬有礼却又冷若冰霜，像是商量却是决定。从头到尾也没有说明尹大的位置和行程，并且没有听到茅诺曼的回应就挂断了电话。实在让茅诺曼大感意外。

她拿着话筒，愣在那里。

湖畔。皎洁的月色。

一只白天鹅微微抖动着丰腴的翅膀，但无论怎么挣扎，怎么努力都无法飞翔。显然它受了伤，只能一次次地失重、跌落、顾影自怜。

阴雨绵绵的周日，适合听一首大提琴演奏的圣桑的《天鹅》。

委婉哀伤的旋律。

茅诺曼微闭着眼睛，脑补着移动的足尖，重叠纯净如云如雪的纱裙，芭蕾舞特有的曼妙的肢体语汇。至少可以解除脑神经的紧张程度，她太需要休息了。一个公司的运营本来就牵绊着各种问题和矛盾，以及海量的细节。如果还要猜忌、躲闪，陷入家庭情感纠纷的泥潭，那么，到底谁是那只白天鹅呢？

这一次武翩翩的出走，可以说是重新提刀上阵，她像女版的杨子荣打虎上山那样投奔了爱美丽。爱美丽做得这么大，当然也是独具慧眼的，汉方计划的价值他们不会不知道，等于青玛拱手相送了一个金元宝。

职场角逐的永远是利益，有谁真正关心家族恩怨，儿女情长？

爱美丽投桃报李，给了武翩翩合适的位置和年薪，据说她自己十分满意。不仅如此，还重点打造她的个人品牌，本来武翩翩年华老去，不苟言笑，并无半点娱乐精神，几乎一无是处。但是爱美丽看重她的胆量神大，野心勃勃，以护肤护发妈祖的架势出现，像母狮子一般守护着属于自己的产品。誓要成为美妆界的一代女皇，非常适合私欲爆棚的时代风貌。

香发散的方子被爱美丽改成"冷香散"，广告是武翩翩的慈禧扮相,被做成四轮巨幅灯箱,在各大商场的门口虎视眈眈。

同时电视、网上全面出击,一时风头无二。

关于她的故事,也出现了各种版本,成为街头巷议最好的谈资。尽管也有许多嘲讽、辣评,但是更多的却是敬佩。

然而这些都不重要,重要的是冷香散的效果奇佳。尤其是白领,平时为什么买那么多的丝巾和帽子?至少有时候的功能是没有时间洗头却要出门见人,甚至是在重要的场合站台,只好各种遮掩。

话说女人洗头,也算一项工程。先要梳通,清汤挂面的发型还好办,如果是爆炸式、玉米絮式或者金蛇乱舞,把头发弄顺溜就要十五分钟,然后洗发,护发,按摩头皮,做个绿翻天发膜,总而言之,直到吹干做出型来,少说也得两个钟头。还不包括头部瑜伽这一类的专业护理。

现在把冷香散往头上一抹,梳几下,先是头皮不痒了,头发也瞬间没了油腻腻的感觉,变得清新水润,而且淡淡幽香。

价格当真不便宜,可是应者如云。

爱美丽这一票赚得盆满钵满。

只是在青玛公司的几乎所有的会议上，没有人提起这件事。

武翩翩成为房间里的大象，每个人都看得见，但是每个人都不予置评。人人眼中有，个个嘴上无。

也对，你叫青玛的人说什么？

就连茅诺曼也只能三缄其口，别的暂且不论，就说尹大和武翩翩两个人的性格中都有非常坚硬的部分，触碰之中难免火花四溅，想说服任何一方都是枉然。

黎丁也说，自从母亲调去爱美丽以后，工作只比以前更加繁忙，基本上没有在家吃过晚饭，如果能够晚上11点半前回家已是最轻松的一天，常常深夜方归，两个人根本碰不上面。偶尔一个周日，她在家中吃过一次午餐，餐桌上却是异样的宁静，每个人都像练气功一样，一言不发。

茅诺曼还记得武翩翩临走之前，她去了她的办公室。

以往，她很少去武翩翩的办公室，因为有事情黎丁可以传达。此外，因为大家都知道的原因，也是避免尴尬所为。这次走进她的办公室，茅诺曼少有的心生感慨：办公室的陈设非常中性，几乎没有女人的特征，什么花花草草或者精致的摆设完全没有，甚至温馨的合家欢照片也没有。哪怕是带一点幽默的如米老鼠计算器、兔子烟灰缸之类的小摆件，当然更是绝迹。

她的生命只跟工作密切相关，对青玛的付出也可见一斑。

两个人四目相望，谁也没有说话。

武翩翩面无表情地收拾桌面上的杂物，将它们放在一个大纸壳箱里。

"只拿工作用的东西吧，"茅诺曼打破沉默，低声道，"公司为你保留办公室，你自己锁好门就可以了。"

茅诺曼感觉武翩翩愣了一下，虽然什么也没说，但是可以看出心情五味杂陈，又竭力地克制自己不动声色。

"反正都是要回来的，何必搬来搬去。"茅诺曼又道。

武翩翩欲言又止。

屋子里依旧很静，没有人说话。

"一定要走吗?"茅诺曼还是追问了一句。

武翩翩继续收拾东西，兀自叹道："我这是逃出生天啊。"

茅诺曼知道她有难言之隐却又不便追问，毕竟是清浅的交往，多问也是一种冒犯。虽然看上去汉方计划的下马是工作上的分歧，但是家族色彩浓重的公司，公事和家事怎么可能分得一青二白，又有谁能说得清里面的情绪色彩？

不过最终，武翩翩留下了汉方十号，是植物系列的口红，简称植系口红，最大的特色是产品本身是黑色的，但是涂抹出来却呈现不同的颜色，粉红、梅红、桃红、杏色、浆果色，总之绝不是黑色。而且每个人的体温不同，颜色自然各异，有着细微神奇的变化，同时又非常保湿润泽。

武翩翩解释说，按照阎黎丁参与的研发项目报给尹大，一定会批复下来，而且会得到她的大力支持。

"只要不提我就好了。"她淡淡说道。

是不是你想多了？尹大还不至于糊涂到公私不分，把个人情感凌驾于青玛之上。她再怎么不喜欢你，公司也是阎诚的心血之作，希望公司保持稳定，迈上一个新台阶应该是尹大真正的心愿。所以对于汉方计划的延缓开发，为什么不能公司内部自行消化解决？真要闹到这般地步吗？

当然她什么都没有说。

武翩翩抱着纸壳箱离开了，茅诺曼不便再送，在她转身的片刻，茅诺曼可以感觉到她眼角的不易察觉的泪痕。

同是人间惆怅客，知君何事泪纵横？

这让茅诺曼意识到问题的严重性，然而，疏不间亲，她若介入得深了，明显是犯忌讳的事。所以她怔怔地站在原地，无能为力。

武翩翩头也不回地走了。

如今这样的雨季，由哀婉的韵律相伴。

竖琴叮咚，白天鹅在伤痛中依旧希望凌空起舞，但最终缓缓屈身倒地，渐渐合上眼睛，却仍有一只翅膀遥指天际，好不悲伤。

想到武翩翩决绝的背影，这背影一直挥之不去。

热闹之下，一片寂凉。

十一

乍一望去，双廊茶室简约干净得像一家苹果产品专卖店。

空旷而洁白。

它隐身在珠江新城丛林般水泥建筑群的内街。没有那种上下五千年的元素，或者禅意深深古琴渺渺，完全不是那种常规风格。

是西化洋派的桌椅，极简主义，没有任何多余的东西，店中所售的茶，全部是玻璃器皿冲泡，壶中万叶齐舞，或者杯中成树。

寸土寸金之地，到清吧来的人多半是谈事。

所以尽管是清吧，又是找死的不求赢利的品质，却不死不活地坚持下来了。

中午1点半钟，茅诺曼走进茶室，闻到一股淡淡的白檀香。

艺殊已经提前到了，见到茅诺曼微笑着起身，恭敬地站在茶桌的一侧。她穿一件黑白格子的衬衣裙，下摆宽大，脚上是绑带的帆布鞋，文艺女青年的遗风。

等到茅诺曼落座，她才轻轻坐下。

两个人点了一壶水果茶。

茶室里的客人不多，偶尔几桌都是两到三个人，小声地说话。背景音乐是若有若无的海浪拍岸的声响。

先谈了一下口红家族在百货公司开专柜的事宜，其实这件事没什么好谈的，因为艺殊工作得不错，与公司和商场的人都能和谐相处，不仅性格温婉，而且人也勤力，东奔西跑，并没有美女的负担，所以几近零差评。

老实说，茅诺曼也挺喜欢艺殊的，就像今天，她也仍旧素颜，偶尔大大的微笑，眼睛弯弯的一点也不做作。

当然大中午地跑来，不是为了夸她。

水果茶里有香芒，所以汁液是金黄色的，味道也纯正自然。

茅诺曼又品了一小口茶，放下杯子，突然问道："艺殊啊，你喜欢黎丁吗？"

正如意料中的那样，艺殊迟疑了半秒钟，才欢颜道：

"喜欢啊。"

茅诺曼是打心理牌的高手，她不再说话。

反观艺殊，她虽然一切如常，但眼神中飘过一丝不为人察的凌乱。像她这么聪明的女孩更加明白，没有重要的事，茅诺曼是不可能召见她这个萝卜丁的。

上周的一个晚上，茅诺曼的一个朋友约她到君悦酒店咖啡厅见面，因为是谈家事耽搁得晚了，分手后她来到负二楼的停车场准备开车回家。她清楚地记得看了一下手表是差五分钟 11 点。

她坐进车内正准备发动车子。

这时她突然远远看到了迟艺殊，一时间还真不知道她从哪里冒出来的，只见她微低着头匆匆走着，身后紧跟着一个又酷又帅的男人。那个男人太面熟了，识别度极高，就是贝九西餐厅的明星厨师贺小鲁。因为贝九西餐厅的招牌广告就是这个三十大几的年轻人，雪白的厨师帽，专业的制服搭配黑领巾，脸上没有一丝笑纹，酷到中年妇女一见到他就想哭。

他还做橄榄油和刀具的广告，居然还做西装的广告，是平面媒体的常客，更是电视或者网络上频频出现的活跃分子。

　　贺小鲁追到艺殊，一把抓住她，两个人没说两句话，又吵了起来。

　　他们说什么听不见，但显然是延续刚才的争吵，两个人都板着脸，情绪也相当激烈，互不相让。

　　茅诺曼还是第一次看到迟艺殊的另外一面，凌厉、火爆。

　　他们争吵了好一会儿。

　　这时贺小鲁的一个举动把茅诺曼给惊着了——他突然一把抓住艺殊脖子上的项链，稍一用力，项链就断了，他把项链向远处狠狠丢去，然后扭身头也不回地走了。艺殊在原地呆呆地站了一会儿，慢慢蹲下身去，把头埋在两只手臂里，肩膀一耸一耸的，肯定是在哭泣。

　　茅诺曼也没有马上发动车子，而是陷入了沉思。

　　不要以为只有撞见卧室里的赤诚相见才能体现真情实感，刚才的一幕，在茅诺曼的眼里无疑是一场完美的通奸。

　　女人只有在真爱面前才会歇斯底里。

　　原来艺殊并不是学习做菜，她常常对着电视看做菜栏目，无非是希望多看一看自己喜欢的人。

原来茅诺曼所成全的贝九约会，不过是成全了贺小鲁的一场哑剧。

原来艺殊表现出来的所有的周到与懂事，也无非是不那么爱自己的备胎而已。她心中另有他人。

据说贺小鲁拥有的粉丝并不多，但全部是高品格的，金领、高管、超级富婆，抑或是普通的吃货或者文艺男女，每晚贺小鲁在贝九餐馆做完所有的菜式，都会出来谢幕，这个时代除了领导人和艺人谁还有资格谢幕，然而贺小鲁获此殊荣。他不出来，粉丝们就不会走。

他出现在餐厅大堂，粉丝们也不会一拥而上，只是在各自的位置上起立，真诚地向他鞠躬。他也同样还礼。

他该不会看不见迟艺殊身边的英俊少年。

所以，令茅诺曼深深不快的也许并非是劈腿本身，而是艺殊利用了黎丁的善良，让他像个傻瓜似的出现在她的剧本里。

水果茶又续了一次水，颜色淡去。

"你和贺小鲁到底怎么回事？"茅诺曼缓缓说道。

艺殊的目光移向桌面，不敢与茅诺曼对视，面颊微红。

茅诺曼又道："我不想调查你，还是你自己说吧。"

"我还是喜欢贺小鲁。"

她的甚不迷茫顿时令茅诺曼火大，心想既然这么肯定，何必牵扯我们黎丁？

当然茅诺曼还是静默，想听一下艺殊的个人申诉。在事情尚未清晰之前，妄加评论都是不明智的。

"可是贺小鲁不肯结婚，因为他有过一次闪婚。用他自己的话说是那次闪婚，使所有的人际关系都变得模糊而纠结，无论是家人还是朋友，包括他们自己，没有一个人开心，纷争不断，最终以闪离结束了那段关系。"

茅诺曼没有说话，神情是：那又怎样？

"我也觉得没什么，我能理解他的担忧，也不会没自信到逼婚的程度。而且我们一直财务独立，两不相欠。可是前段时间我父母遭遇电信诈骗案，所有的储蓄被一次骗光，但是家里的各项开支包括房贷什么的都是不能断的，他们又大病一场住进医院，两个人一起住院是什么开销？我当时崩溃到如悬崖走钢丝，下一秒就是掉入深渊。

"我自己当然是拿出全部的积蓄补上家里的亏空。

"向他借钱，他死也不肯，认为经济问题渗在爱情里始终是一大隐患。我第一次发现原来他并没有那么爱我，也第一次觉得找个有钱的男朋友还是好，至少不会绊在钱这个问题上。

"我提出跟他分手，他虽然流了眼泪，但也同意分手。也许钱还是比女朋友重要吧，就算撕心裂肺也不能拿出来。

"但是后来我才知道，其实小鲁也缺钱。他爸爸是一个老牌创客，每天十八个主意地要开档口做生意，从来以血本无归告终，还欠一屁股债。如果小鲁不帮他还钱，就扬言要把这些事嚷嚷给媒体听。小鲁这个人死要面子，当然害怕，形象折损的结果肯定是鸡飞蛋打。所以每回挣了钱还没焐热就被拿去还账。

"在钱的问题上，他从来不解释。让我感觉误会了他。

"是我熬不住又去找他，因为他是个有趣的人，常常逗得我哈哈大笑。

"并且我觉得会做菜的男人非常性感，对我有超常的吸引力。"

茅诺曼想起在贝九用餐，餐厅大屏幕上有贺小鲁做菜的视频，虽然是一周去三次健身房的精壮男人，对于手中的食材却是少有的温存细致，修长的手指的确会让人想到"性感"二字。他的发型、身段包括表情都极酷，全身上下没有一丝烟火气。

难怪同时被广告商青睐，有着模特气质的厨师，终究不多见。

"可是我们在一起就会吵架，我想既不结婚又没有经济往来，我真的是他的女朋友吗？所以，我心里也明白如果跟阎黎丁结婚是个不错的选择。

"我也不是不喜欢黎丁，他单纯，痴情，只是被你们照顾得太好了，所以有一点点软弱和无趣。"

茅诺曼忍不住翻了个白眼，是劈腿有理的意思吗？

"你打算怎么办？"

"我不知道。"

"你跟黎丁借了多少钱？"

"27万。但是我一定会还的。"

"当然要还，无论你做出什么决定。"

艺殊沉吟片刻，低声道："请问茅总，我的决定会跟我的工作挂钩吗？"

"你想说什么?"

"你也知道,我非常需要这份工资优渥的工作。"

答案呼之欲出,而她的眼神却又疑似天真。一时间,茅诺曼都感觉自己被这个表面乖巧的女孩子摆了一道,何况是阎黎丁,根本被哄得团团转。

本该训斥她几句,想想还是算了,毕竟实话都不好听。

"这样吧,"她尽量语气平和道:"你现在还整天在黎丁面前晃来晃去也不合适,公司不是在内地建了一百所希望小学吗?我把你调到监理组去,出差会比较多,主要是去监理当地建学校的财务和进度,在装修和用料方面你也比较有经验。累是累一点,但是工资和待遇都不变,你也可以利用这段时间整理好感情上的事。

"有关你的情况,我不会跟黎丁提半个字,你们自己处理好。至于今天的见面,就当没发生过吧。"

茅诺曼说完这些,也没有注意迟艺殊的反应,就起身告辞了。

不过还是听见艺殊在她身后说了一句:"谢谢茅总。"

她挥了挥手,头都没回。

再坐下去已经没有意义了，谁的痛苦没有原委或者道理？谁又是不值得同情的？但是在感情上，茅诺曼无疑是向着阎黎丁的，而黎丁受到的伤害也是结结实实的。老实说，调开迟艺殊，是她自己更不想看到这张脸吧。

世界无论怎样风云激荡时代更迭，茅诺曼一生最看不上的，还是薄情男女。

夜，很长。

同样的月色里，尹大的意念中并没有什么天鹅。她以为窗帘缝隙中透进的光亮是鱼肚白，但看了一眼电子钟，才凌晨 1 点 48 分。

她的睡眠越来越差了，服了安眠药，睡眠也是零零星星，断断续续，加起来至多三四个小时。如果不是身体里似乎有一种力量支撑着她，断然不可能以硬朗示人吧。的确，她是靠着一种常人难以想象的能力支撑着自己。

尹大至今还记得阎诚的弥留之际，那么瘦，那么疲惫虚弱，却还那么平静。

他说，妈，我只求你一件事，你要活得久一点，多陪陪我们黎丁。她当时握着儿子的手轻轻点头。唯这世上不会有第二个人能体会这锥心之痛，儿子这话中的含义也只有母亲心里明白。

可是那段时间，武翩翩每天都垮着一张脸，是的，阎诚生病，谁都不开心，但不等于全家人都要看她的脸色，她所表现出来的层次与智商令人无语。先不说病人看到这样的面孔会受到什么刺激，就是阎诚提到公司或者儿子的事，她都会不耐烦地打断他说，你想这么多干什么？好好养你的病。

这是人说的话吗？尹大没有一耳光扇过去，实在是顾及儿子的感受，不想他更加难受。若不是阎副官已经走了，非枪毙了这个混账女人。

这样的细节不胜枚举，病中的阎诚难得想吃什么，武翩翩一定说这东西不好，要么油腻要么没营养。所以儿子的饮食一直是尹大亲自主管，叫保姆煲了没有一点油腥的瘦肉汁，或者儿子偶尔想吃的食品，做好后由曾司机送到医院。天天如此，坚持了几个月之久。

而武翩翩就像没看见一样，不仅没有反思和自责，反而还把职场上的怨气带到病房，说些有的没的，有时还痛哭流涕，搞得阎诚要反过来安慰她。

客观上不是逼他上路吗？

这些事情重想一遍，对尹大来说都是万箭穿心。

随着阎诚的离去，尹大内心的仇恨与日俱增，并没有像潮水那样渐渐平息。令她心寒齿冷的是，她痛定思痛，发现儿子最后的日子其实就是他一生的缩影，也是他一生的写照。他从未在这段婚姻里得到过多少温情和照顾，甚至可以说备受折磨。在貌似平静的日日夜夜，儿子所忍受的是什么样的生活啊？

人生就像焖干饭，不到最后一刻都不知道有多么夹生，多么难以下咽，用年轻人的话说是多么痛的领悟。

可惜她知道得太晚了，晚到人去屋空，束手无策。

妈。

这声音不知来自何方，竟让尹大从床上弹坐起来。

万籁俱寂，房间里黑暗依旧，连月光也退却了。尹大这才意识到刚才自己可能是昏昏沉沉睡过去了。在梦中听到阎诚叫她。

本想缓缓地躺下，不知为何就是不太放心。

侧耳聆听，还是一点声音都没有。

半夜 3 点 10 分。刚才梦见了什么呢？是在哪里跟阎诚相遇了呢？这回换她一直没看见儿子，所以他会有点急切地叫她吧。

他是要托梦给她吗？需要什么？冷了还是饿了？

也正是在这时，尹大听到了门外隐约的，似有若无的窸窣。

她下意识地打开了台灯，起身往卧室的门口走去。打开门，什么也没有。正待关门，才发现眼下一个巨大的黑影。

武翩翩一动不动地趴在地上。

她没有看见她的脸，但是认识她恶俗品位的大花睡衣。

尹大冷静地蹲下身去，看见武翩翩的身下有一大摊血迹，她已经不省人事，而且趴在地上的方位是脚对着尹大的房间，显然她是想爬到黎丁房间的门口求救。

尹大判断武翩翩可能是胃大出血，因为昨晚据称是爱美丽为汉方计划的全面开花开庆功宴，照说她的身体是绝对不能喝酒的，胃痉挛又曾经发作过几次，但她显然不是喝了一点点，因为回到家中她已经有点东倒西歪，不仅浑身酒气，脸红得像火龙果，而且衣衫不整像被人非礼过一样。

她们在餐厅相遇，幸好因为太晚也只有她们两人，当时武翩翩在调蜂蜜水喝，一脸的居功自傲。

她自言自语道："我总有一天会收购青玛。"

尹大没有说话，只是平静地喝水。心中却冷笑道，你且收着点吧，上帝叫谁灭亡，必先令其疯狂。你现在已经自入绝境，任谁都拉不回头的绝境，你这个愚蠢的女人。

当初你若不动声色，沉默以对，我还真是无计可施。

所以她现在倒在她的面前，尹大都不太吃惊。

应该得癌才对啊，那样比较圆满。

甚至从她身上跨过去，倒一杯水喝，也没有什么大惊小怪的吧。

在这漆黑的走廊上，四周是深井一般的宁静，只有卧室台灯的光线斜照过来，淡之又淡。这样的场景在第二天清晨被发现，一切都可以结束了。

既没有高兴，也没有解恨，尹大唯一能感受到的就是内心深处的平静，铜墙铁壁一般的冰点平静。甚至都有些累了，才等到这姗姗来迟的结局。

妈，救救她，你救救她吧。

那个声音再一次出现了，而且非常的急切，清晰。

眼泪止不住地涌了出来。

阎诚的天性就是这么善良，他活得辛苦，走得凄凉，但却从来没有在她面前抱怨过一句。所以她才会这么痛恨脚下的这个女人吧。

十二

　　大夫说，母亲送到医院的时候已经是失血性休克，再晚来一步后果不堪设想。阎黎丁听到这话，紧缩的心稍稍松了下来。

　　他是早上准备吃早饭的时候，曾司机告诉他，母亲昨天半夜出事了，幸亏被奶奶及时发现，叫了120送到医院去了。家里乱成一锅粥，没有叫醒你是叫你起来也无济于事，还跟着添乱。所以现在才告诉你。

　　阎黎丁早饭都没吃便奔去医院。

　　他没有见到母亲，因为是凌晨做完的手术，病人还要在手术室里观察，以防意外。但已经没有生命危险了。母亲做的是胃次全切除手术，整个胃被切去了四分之三，输了将近八千毫升的血。

　　但是无论如何性命保住了。

　　阎黎丁瘫坐在手术室外的长椅上，这才想起来跟毛毛阿姨请假。

很快，毛毛阿姨就赶过来了，并没有一惊一乍，而是温和地跟医生了解病情，又去看了母亲的单人病房，找护士长请好护工。不但让黎丁暂时不要上班了，还从公司的后勤部抽派了两个人为母亲轮流陪床。

黎丁在心里非常感激毛毛阿姨，以她和母亲的关系，她完全不必做到这样细致，但她根本不计前嫌，还是尽心尽力照顾母亲。毕竟奶奶老了，夜里那么一折腾必须休息，而他一点常识和经验都没有，只会干着急。

母亲终于从手术室推出来了，脸色苍白得跟纸一样。

她还没有从全麻中苏醒过来，双眼紧闭。一个生龙活虎的女战士也会无声无息地倒下，而人一病倒，什么雄心壮志都化作吉光片羽、刹那芳菲，瞬间消失殆尽。黎丁的鼻子发酸，但他竭力克制住自己。

"不会有事的。"毛毛阿姨在他的耳边轻轻说了一句。

他受到鼓舞一般地使劲点头。

毛毛阿姨走了以后，直到中午，母亲才慢慢清醒过来，但是表情和眼神都有点呆呆的、木木的，似乎一时想不明白为什么会躺在医院里。不过她满脸倦容，极度的疲悫而憔悴，根本还说不出话来。偶尔，她的目光会移向天花板，望着白花花的日光灯甚是空洞迷茫，她的心气似乎瞬间不在了。

下午，病房里热闹起来，舅舅舅妈，二姨三姨还有姨父，坐了半个房间，但是黎丁感觉他们都是一脸的敷衍。尤其是舅舅，以前靠着母亲在青玛的位置寄生，整天车前马后，姐长姐短，现在变得一脸轻松，居然还有心思在病房讲段子，好像母亲得的不是癌症就不必大惊小怪，三天之后又是一个女金刚。

其他的人也一样，刷手机的刷手机，飞短流长的飞短流长。根本没有人问及陪床的问题，是否需要有人守夜换班？

母亲闭着眼睛，不知是睡过去了还是闭目养神。

黎丁受不了这样的摧残，默默地走出病房，一个人站在走廊上，背靠着墙，身体绵软，感觉孤独得要命。走廊上人来人往，医生、护士、病人、陪护、病人家属，可是黎丁还是觉得整个世界就是他一个人，他有些害怕。

一种深刻的惶恐令他不安。

还是在国外念书的时候，有一段时间因为功课压力大，考试多，他失眠了，连续两周无法正常入睡，头上像顶着铅。他去看大夫，老外大夫给他做了检查，说他是一个不融合的人，有社交恐惧，而且是因为有排列强迫症而选择牙医这个职业。不过也不用过分担心，服药后情况就会改善。

果然，服药之后他便没事了。

然而内心的阴影总还是挥之不去，他完全了解自己内心的脆弱。

父亲葬礼的时候，他都表现得镇定自若，有着一个医生的冷静和本色。后来决定留在青玛工作，人生有点从头再来的意思。他收拾了所有的医书，把它们分类装箱放进了仓库，仿佛告别亲密爱人。

然后推开了父亲的书房。

父亲在家里的书房不大有人进去，因为他总是强调需要独处。他走之后，无论是母亲还是奶奶都没有再进去过。

所谓睹物思人，不过是人生的酷刑，不能承受之重。

可是黎丁想重新看一批书，这是不得不做的改变。尽管不是面对面的教诲，却有可能是无声而又长久的陪伴。

那是一个傍晚，家里没有人。

父亲的书房里有一股淡淡的烟草味，他生前并不大抽烟，有时在书房会抽一下烟斗。应该是在四十五岁以后，他的应酬逐渐少了，喜欢独处。书房里有一层薄灰，桌上地下堆了一些书籍显得凌乱。椅背上搭着一件驼色的旧毛衣，袖肘部分有两块软麂皮那种，英国牌子，旧了才显出贴心的轻柔。是他曾经送给父亲的生日礼物，父亲从未对此评价过一句，但一直是心生欢喜的吧。

桌子上面有台式电脑，还有茶杯、烟灰缸、笔筒之类的小物件，唯独只有一个镜框，是阎黎丁小时候的照片，抿着嘴，老实呆萌的样子。

多少年过去，桌上的照片从未换过。

黎丁突然就失控了，先是泪如泉涌，后来几乎是失声痛哭。

他望着自己小时候的照片，望着那件旧毛衣，不知不觉双腿发软，蹲下身去，哭得昏天黑地，无法呼吸。

他再也不能够失去亲人了。

这也许就是他此刻内心出现极大惶恐的原因吧，他与病房里的那些人是不同的，也是不相融合的。他们可以粗枝大叶到没有半点同情或者心疼母亲的意思，总之母亲发生任何事情青玛都可以包办，无论人是否在青玛，全然不用他们操心。因为母亲是有钱人，有钱不是可以为所欲为吗？何况生病。

再则，胃出血也不是什么大事，不是抢救及时吗？

他们以一种赶庙会的心态聚在这里。

但是黎丁却觉得母亲既可怜又失败，并且跟自己一样孤独寂寞。

失去亲人的感受就是，味觉突然没有了。但是看上去什么都没有改变，不存在残缺和异化，但其实因为一切都没有味道，这个世界也就失真了。什么都没有感觉，只有痛苦是最真实的。

中午吃饭的时间已经过去了，秘书送来的盒饭还放在大班台上，一动未动。

茅诺曼背对着大班台，靠在皮椅上，平静地望着落地窗外。天空碧蓝如洗，珠江新城依然如故，并无新事。群楼林立之间，商务男女行色匆匆，仿佛半个城市的精英都云集在这里，支撑着现代都市的所谓动感活力。

总觉得哪里有点不对劲。

哪里呢？

医生说，武翩翩的胃大出血，饮酒过量只是一个导火索。事实上，她在相当一段时间里精神压力极大，情绪又极其压抑，手术中可以看到她胃部的溃疡面大到完全没有办法药物愈合，大出血只是早晚的事。我们是尽可能保留她的胃，但也并不理想，康复期会很长，少量多餐，每天吃十顿八顿慢慢训练胃的代偿功能。不能说人就彻底废了，但是需要绝对静养，不能够再担任什么重要的工作。

医生还说，研究表明，胃、十二指肠溃疡的发生发展与情绪密切相关，忧愁、焦虑、紧张、愤怒，还有超常的压抑等不良情绪，混合在一起就形成一种合力，足以摧毁一个人，而有时病人被毁灭于无形还不自知。

这一次武翩翩差点送了命，的确令茅诺曼有些吃惊和意外。

说到武翩翩头顶的压力，青玛的前途算一个，来自尹大的暗力也的确存在，还有就是——茅诺曼不得不把矛头对向自己。

虽然阎诚走了，但她仍旧是第三者插足。

她和武翩翩之间的冲突，无论是非对错，肯定会形成另外一种压力。

当然，作为茅诺曼的初衷似乎是爱有天意。

然而她的存在并不像想象中的那么单纯，渐渐地有些微妙。如果说她没有权力，青玛的产品更新，企业升级这一类大的决策，都是她一锤定音，并得到尹大的全力支持。但如果说她有掌管公司的权力，汉方计划这样部门级别的方案也是会流产的，武翩翩的出走她也是没有办法制止的。

正如武翩翩预料的那样，汉方十号计划，关于植物系列口红的开发，以黎丁参与筹划的理由报备给尹大，果然是一路绿灯。

同样是汉方计划，尹大显然是对人不对事。

此时再想到武翩翩离开时眼角的泪痕，茅诺曼有一种落井下石的自责。"我这是逃出生天"，当时只当作武翩翩的负气之言。

其实那时的武翩翩已经深陷沉疴。

难道尹大一开始玩的就是杀人游戏？

心中不禁打了个寒战。

我到底做了什么？自以为是，实在是女人一生的强敌。

然而，似乎一切都太迟了，如果现在选择离开，那阎黎丁怎么办？其实，茅诺曼第一次见到阎黎丁并不是在文华酒店的自助餐厅，不是。早在三年前，在法兰克福飞往大陆的客机上，他们有过一次偶遇。

当时她坐在头等舱，由于连日的会议和加班，那段时间她每天只能睡三个小时左右。上了飞机之后，一直感觉不舒服，也只有强忍。

时空交替，不知过了多久，大概是在凌晨的时候，她只记得舱窗外的鱼肚白呈现出雾青色。这时胸骨后侧传来一阵紧接一阵的剧痛，没有丝毫喘息的机会，然后开始胸闷、憋气，她伸手示意空姐但是已经说不出话来。眼前的一切开始模糊，但是模糊中仍然可以看到空姐放下手中的事向她跑来。

她大口地呼吸仍旧喘不上气来，那是一种濒死的感觉。

终于失去了意识。

后来她听机组人员向她描述，当时她满头大汗，面色死灰，很快昏迷过去。于是空姐在机舱内广播，希望有医务人员提供帮助。但不知是黎明时大伙都在沉睡还是真的没有医务人员，广播了两次机舱内都毫无反应。

这时有乘客揭发，说看见一个男青年用一本杂志遮着脸睡觉，而那本杂志是《柳叶刀》。

空姐于是过去把那位男青年唤醒，确认是大夫后把他带到头等舱。

他的状态还有些懵懂，但还是基本功扎实，看到茅诺曼的状况事不宜迟，立刻把人放平做心肺复苏，动作镇定熟悉。就像跳广场舞的大妈一听到音乐，立马准确无误地做出各种动作，全部踩在点上。

茅诺曼缓过一口气来，男青年在飞机上的急救箱里果断地找到药物，给病人服下，然后坐在地上监测脉搏。

他说病人是急性心绞痛，已经缓过来了。

茅诺曼始终没有看清男青年的样貌，因为病得七荤八素，飞机降落时，机长联络好的救护车已经进入停机坪等待。茅诺曼被直接抬上急救车。

出院之后，她给机组送了锦旗。

同时拿到了这个男青年的基本资料，他的名字叫阎黎丁，是个牙医。她果然在口腔医院找到了他工作的操作室。阎黎丁身穿一身白色的工作服，口罩帽子捂得严严实实，手中拿着吱吱响的电钻一丝不苟。

操作室外的走廊上坐着许多等待的病人，茅诺曼也坐在其中。

她注视着他，一直等到他下班。

他摘掉了口罩和帽子，露出了一张干净的脸。

这便是她在文华酒店早餐会时但见惊爱的全部原因。而且，而且他居然是阎诚的儿子。实在不可思议。

瞬间做出了留在青玛公司的决定。

武翩翩出院的那一天，茅诺曼去了医院。

除了例行公事的礼貌之外，有一部分心境很复杂。

武翩翩的身体还十分虚弱，毕竟到了这个年纪做手术，伤了元气不说，所谓三分治七分养，落实到她头上，一是以往用身体用得太狠了，透支得厉害；二是她的性格太过激烈。老实说要花大功夫复原身体。

她决定直接搬去花都别墅，那是她和阎诚名下的房产，已经收拾出来了，请好了保姆、康复护士，还有司机。

虽然离市区远一点，倒也清静，适合调养身体。

据说尹大并没有到医院来看过武翩翩，其间连爱美丽的高层都到医院来表示慰问，病房里摆满了鲜花。但是尹大一次都没有出现，武翩翩也从不提及。

照说是尹大救了武翩翩一命，按照剧情发展，坚硬的关系总该有所松动，却什么都没有发生，什么都没有改变，更没有期待中的泪眼相望或者握手言和之事。人们钟情于泛滥的情感，而生活本身常常是过于严肃的。

人都是这样，情况稍有好转便跟从前一样居高临下，一样那么讨厌。

因为住得远了，茅诺曼说了一句，"以后黎丁过去看你就不那么方便了"。

本来是句客套话，武翩翩回说，"看我干吗？好好工作赶紧接班是正事。还是少到我那去的好"。语气又硬得跟石头子似的，呛得茅诺曼无话可说。

站在一旁的阎黎丁投以抱歉的目光。

茅诺曼温和地笑笑。

隔了相当一段时间，有一次茅诺曼和黎丁单独相处。

黎丁突然说道："毛毛阿姨，你确定不是我的亲生母亲吗?"

茅诺曼笑道："当然不是。"

"可是我爸爸曾经说过，我妈妈在生我的时候，你也在医院里生孩子。可是……"他没有再说下去，眼神疑惑。

"是的，我是在医院里。"她平静地说道，"可是我的孩子死了。"

"对不起，对不起……"黎丁顿时慌乱起来，跑到她的面前，摇动双手，又连声道歉，仍然觉得自己唐突冒失，十分不该。

"没有关系。"茅诺曼轻道。

黎丁还是很难过又自责的样子："毛毛阿姨，我可以拉拉你的手吗?"

当然可以。

她心里这样说，同时伸出手去。

他双手捧着她的左手，轻轻抚摸着，以有些天真的心情安慰着她。"想不到你的手这么软。"他喃喃自语。

在他的心目中，她应该是降龙十八掌才对吧。

她想起年轻的时候，阎诚也曾经这样小声地央求她。

我可以拉拉你的手吗？可惜那时候爱情的最高境界，是不动一个手指头但全身心的拥有。

虽然每天的工作都是重复而又枯燥的，但是阎黎丁并不讨厌这种沉闷感。好事不如无事。他才什么年纪，却感到了内心的无奈和沧桑。

几乎所有的事，都与他的想法背道而驰。

快下班的时候，艺殊打来电话，舌头胖胖地说："下班了吗？下班别回家，陪我喝一杯。"显然，她又喝多了，挂了手机，发来大排档的地址。

两个人的关系，发生了本质上的改变。

前段时间，有一次艺殊郑重其事地约他。在这之前，她几乎很少主动约他，一般都是黎丁对她随叫随到。所以黎丁的预感并不那么兴奋。两个人去了私窦酒吧，因为相对安静又保证独立空间，还有专门下酒的私房菜。

艺殊提出分手，有的没的讲了一大堆。

黎丁突然打断她道："是贺小鲁吧？"

艺殊傻了，怔怔地望着他。

"你怎么知道？"她的眼睛瞪得圆圆的。

"跟你在贝九吃饭，他出来谢幕的时候，你的眼睛像追光一样跟随他，满满的都是欣赏和爱慕啊。"

黎丁至今记得当时在贝九晚餐时的情景。

而他口中的牛排既没有入口即化，也没有千万个味蕾在欢唱。要说味道，就是什么味道也没有。

而坐在对面的艺殊，微低着头若有所思，一边刀叉并用，把牛排切成一块一块的，却又没有一块送到嘴里去。

一切都太明显了，但他开始自我催眠，这一切无非是自己想多了，无非是太喜欢艺殊而产生的多余的担心。他们之间没有任何问题。

现在想到当时的不安，今天得以证实。

原来你什么都知道了。艺殊满脸惭愧地看着他。

但他什么也没说，越是得不到越是小心翼翼。

那天晚上两个人都喝醉了，因为没有争吵，所以深情款款。阎黎丁并不是那种性情暴烈的人。自从父亲离开，凡事不顺，再多加一件倒霉事又有什么出奇呢？想起母亲从手术室推出来，全身插满了管子，虚弱不堪，却未见得有多少亲人真正心疼她。相比起来，失恋的伤痛也实在没有那么痛了。

可见人生的挫败感需要重叠相加，才能成为成长的代价吧。

最终，还是就此别过。

纵是有一万个不情愿，当时的黎丁也只能这样演下去。想到从此便是一转身海角天涯，黎丁伤心至一夜未眠。

那之后艺殊开始赴云、贵、川一带监理希望小学的进度和质量。

而他，每天在青玛上班。纵是十分想念，也克制住自己不打电话。有时也会担心她的辛苦劳累，幻想着自己从天而降，出现在她的面前。那又会是怎样一幅景象？但现实终不是韩剧，何况另有男女主角。

爱她就是让她高兴。

这样不知过了多长时间，本以为一切都结束了。一天晚上，公司的几个中层干部拉黎丁出去喝酒联络感情。本来黎丁是不怎么合群的，但是毛毛阿姨教导他，与公司的中层干部要保持良好的关系和互动，因为上层的决定和意图全部靠他们去执行，怎么去执行是弹性的，这便是人心。要学会收复人心。

你都不跟人家接触，怎么知道别人的困难和疾苦？

于是公司同仁晚上一块去兴盛街喝酒。

散场的时候，都已经快 10 点钟了，还算喝得开心，各种吐槽。酒还真是开启心灵的钥匙，会让人流露真性情。

准备到街口叫车回家。

路过和艺殊曾经喝过酒的店面，黎丁下意识地向里面望了一眼，实在让人不可思议，居然看见艺殊一个人坐在一张台子前独斟独饮。黎丁以为是酒后眼花又看了一眼，仍旧不相信自己的眼睛。

公司一大群人在街口各自散去，有人帮黎丁叫好了车，看着他的出租车绝尘而去才放心离开。

黎丁独自在车上想了半天，还是不可思议。

又想，就算是她，干我何事？

终是不得心安，让出租车重新开回兴盛街。

司机也见怪不怪，一声不吭前行三百米掉头，重回那个夜间的美食天堂。

这家饭店的水煮鱼号称举世无双，好吃到飞起来。本来公司聚会有人提议到这里，但是阎黎丁一票否决。自从分手之后，黎丁就避免去这一类有回忆的地方，何必呢，相安无事才是尊重彼此吧。

再怎么仔细看，的确是艺殊在一个人喝酒。

黎丁站在饭店的门外，隔着玻璃，真切地看到艺殊的身影，接近面瘫的表情，平静地喝酒吃菜，保持合适的韵律。到底出差所去的地方都是贫困山区，她看上去又黑又瘦，左手的一只胳膊还被白色的三角巾挂在胸前，估计是受了伤。

黎丁又开始自我催眠，她若没有受伤，我是肯定不会进去的。

或者有贺小鲁陪着她我根本就直接回家了。

黎丁走进饭店，几乎每桌都有飘红的水煮鱼，特有的香味扑面而来。穿过那些热火朝天的桌子，他出现在艺殊的面前。

然而她一点都不吃惊，就像知道他会来一样，招呼服务员加一副碗筷和杯子。

艺殊解释说，乡村雨后路滑，她摔倒时用手撑地，也许是位置不对或者用力过猛，反而是尺骨骨折，腿部全是擦伤。结果自然是回来先养伤，等伤好了之后再继续大乡里的监理工作。

"那也说一声啊。"他喃喃说道。

"跟谁说啊。"她淡淡回道。

是啊，跟谁说啊。难道他飞过去把她背下山吗？然后穿越到万里星空闪闪发光，深情地注视着她？

他呢？

他忙他的。有一次就在他的楼下我的二手车坏了，趴窝发动不着，给他打电话他都没有下来。

无言以对。

就是不想放手，在一起的时候还是有很多的快乐。

他们开始对饮。

艺殊显然也喝高了，不时看着黎丁发问，"还是朋友吗?"

"当然。"他每回也点头称是。

"从来没见过我这么狼狈吧，一点妆也没化，好丑。"

老实说他更喜欢她真正素颜的样子，鼻子的附近有斑点，黑眼圈。可是以前每次只要跟他在一起，她总是格外注意仪容，哪怕是尽显不经意，也会让细心的黎丁感觉到几分刻意所为。她说她的素颜妆可以骗过毛毛阿姨的眼睛。那种爱岗敬业的感觉，现在想起来都是分手的兆头，一厢情愿地不承认罢了。

否则多累多丑多么不堪，又有什么关系？

人真的不能演太久。

比如那个晚上，他是唯一可以倾听她的人。

她说快被家人给逼疯了。本来自电信诈骗案之后，家里的情况就非常糟糕，没有财务可言，完全捉襟见肘。结果不知是父母受了刺激还是怎样，突然认识了一个卖保健品的小哥，那个小哥满嘴抹蜜自不必说，还每周两次跑到家里给老人免费按摩，关系好到像干儿子一样。接下来的事不想也知道，就是无休止地买保健品，家里堆得满坑满谷不说，强迫艺殊吃不说，还要到各位亲戚、亲朋好友家串门，强买强卖，强力推荐产品，人家不从就说到地老天荒。

各种投诉、埋怨都汇集到艺殊这里。

仅有的辛苦钱开闸放水一般流走，而且是个不见底的黑洞。

你不是刚接了一个杀虫剂的广告吗？不要把钱看得那

么重，钱怎么能买来真心？不知从何时开始，父母的日常对话全部改成鸡汤体。

疯掉。

他们以前不是这样的，关心女儿，讲道理，善于沟通，现在却是不可理喻，还振振有词地说，你真正关心过我们吗？你男朋友关心过我们吗？我们伤心难过的时候你们都在哪儿？我们被人骗，心在滴血。我们很脆弱你知道吗？需要爱护和抚慰，你知道现在心理医生的价格吗？最便宜的每小时400块，还是些刚出校门的青瓜蛋子，再说我们也咨询不起啊。

保健品小哥那么贴心，也是为我们好，大家互相帮助同时还能赚到钱，这么简单的道理你为什么就不明白呢？

那些卖得很贵的保健品就是些糖豆豆，上过一万次电视提醒广大市民不要上当受骗。到了父母那里还是冬虫夏草或花胶海参研制而成，吃了必定长生不老。

你妈妈还真是铁嘴直断，我们家现在就是城市贫民。

黎丁也不方便说什么，只能陪坐着。

第二天，艺殊的酒醒了，非常不好意思在微信中向他道歉。又在他的账户上打了10万块钱，留言剩下的慢慢还，表示绝没有吐槽赖账的意思。

黎丁其实更喜欢本真的艺殊，想到以前的她完美得失真，这样直白反而好。艺殊却是真的放下了，不用继续扮演富人家的小媳妇，不用那么累。渐渐地两个人什么话都可以说，后来就变成了铁哥们儿。

黎丁对母亲的担心和对母亲娘家人的不满，也找艺殊发过牢骚。

那次换艺殊当"人肉垃圾筒"，一声不吭地坐在他的身边陪酒。

好在伤筋动骨一百天，他还真希望艺殊的胳膊别好得那么快，在这个凉薄而孤独的世界，有个听你说的人谈何容易。

著名的心理学家说，你这是缺乏拥抱黑暗的能力。

谁他妈有拥抱黑暗的能力？不被黑暗吞噬已经是美国队长了吧？谁他妈花重金是为了听这种虚得没有边际的鬼话？所以才会有人说，一旦心情郁闷，多花哨的通讯录、朋友圈，并没有一个可以惊动的人。

下班之后，黎丁打电话回家，告诉保姆自己不回家吃饭。

艺殊约他的地点，是在一座立交桥的附近，这种地方废气弥漫、烟尘滚滚，当然只适合大排档生存。否则任何一个正经地方，目前的租金都是吓死人的贵，看上去人气爆棚的店面不赚钱都是常事。

整整一排的食肆，以潮式砂锅粥为主，其间也有烤鱼或者麻辣小龙虾，还有一间田鸡火锅。

艺殊坐在店外的一张桌子前，点了几样潮州打冷，又烤了两打蒜蓉生蚝。

黎丁坐下来，艺殊给他倒酒。

她穿着T恤和短裤，完全不讲究，头发凌乱地抓到后面梳了一个丸子头。离他们餐桌不远处，便有两个年轻小哥在刷生蚝，是饭店的伙计。

一地的蚝壳和脏水。

黎丁踮着脚跳过去，笑道："你又怎么了？"

艺殊例牌一张面瘫脸，"谢谢你今天有空。能见到你真好。"她应该已经喝了不少，舌头还是那么胖胖的。

夜幕四合。

这种深灰怅然的苍茫时刻，最适合吐露黯淡的心境。

"贺小鲁终于决定结婚了。"她的嘴角挂着一丝诡异的笑意。

而黎丁的内心却像被马蜂蜇了一下，痛得又准又狠。但还是勉强笑道，"那，恭喜你了。"

"恭喜个屁啊，又不是跟我结婚。"

"哦。"

"你高兴了吧，我摔了个狗吃屎。"

艺殊说得相当平静，慢慢抿了一口小二。啤酒可以让人嗨，但是解闷还得是二锅头，整个人会燃烧。

艺殊说，贺小鲁最近搭上一个富家女，很快就决定结婚了。那个女孩是学琵琶的，弹一手好琴，人也长得单纯恬静。当然最主要的是家世了得，地道的富豪，不渲染也罢。单看那女孩懵懂的眼神和葱白一般的手指，便知她集万千宠爱于一身，号称只用矿泉水洗脸洗手；也没有公主病，为人和气友善，明明自己是天使，却看着普天下都是好人，一张蜜桃脸总是微含笑意。

我要是贺小鲁我也娶她。

贺小鲁说，是你决定要离开啊，谁还会在原地等你。

结婚还要你同意吗？

终于明白了，他不是不想结婚，只是不想跟我结婚而已。

还是穷人最嫌弃穷人。以前我有个错觉，以为我跟你有差距，但跟他是一样的，都是家境一般，没有背景，都是奋斗一族，咬牙坚持。但其实我和他并不相同，也许他更急于摆脱贫穷。

阎黎丁，你不要误会，我不会跟你复合的。你妈妈从没拿正眼看过我，贺小鲁甩我就像甩旧袜子似的。真心受够了这种歧视，我会努力成为富一代。

就他妈的靠自己。

请叫我富一代。

她的头重重地倒下，左边的脸颊贴在桌面上，醉了过去。

你还真没让我失望。黎丁这样想着，一街的饭馆灯火通明，大排档的特点就是越夜越旺，越消沉越开心，越是喧嚣越是可以捕捉到无处不在的末日情怀。谁会比谁更惨？谁又会比谁更理解别人的悲情故事？

他看着她绯红的脸颊，一滴泪水从她的眼角缓慢地滑落下来。

她是真的伤心了。

十三

"是茅诺曼吗?"

"是的。"

来电人的声音既沉稳又有些陌生,茅诺曼还没醒,在睡意中一边下意识地回答,一边开始运营大脑,希望找到答案。

刚才手机的铃声响得四平八稳,但在夜深人静的时候还是显得突兀冒昧。茅诺曼在黑暗中摸到床头柜上的手机,打开时强光刺眼,马上回避了一下,还是看到屏幕上的时间显示是凌晨 4 点 40 分。

谁会在这种时间打电话呢?

"我是曾司机。"

"哦。"茅诺曼彻底醒了,还坐了起来。

"你过来一下吧。"挂断电话以后,他发来详细地址和地址的定位截图。曾司机的身上保持着一贯的军人气质,说话简洁、清楚，没有半点感情色彩。

她直觉出了大事，但又实在想不到会是什么事。

起身简单地用手拢了拢头发，没有洗漱便出了家门。

天色漆黑，路况自然是相当畅通。按照手机的导航，她开了好一阵，把车开到了科学城一带，和市里有着相当的距离。

目的地是复星肿瘤医院。

她压根都没有听说过这个医院，外观还算简朴、整洁，但是规模并不宏大。估计是民营医院。茅诺曼在露天停车场停好车，下来，就已经看见曾司机站在不远处等着她，她急忙迎了过去。

情况比想象的糟糕。

原来，尹大在六年前便被诊断出乳腺癌，她选择了保守治疗，并封锁了消息，可能知道这件事的只有曾司机一个人。首先复星医院位置偏远，跟医保完全不挂钩，所以住院的病人至少经济条件尚可，还有就是慕名而来的外国人。因为该院的院长是一位治疗肿瘤疾患的专家，又是尹大多年的朋友。

六年间，尹大的癌症复发过一次，但是总的来说控制得还可以。

但是这一次是全面复发，不仅癌细胞骨转移，而且同时转移到肺，于是肺部感染，高烧不退。目前尹大已经进入昏迷状态。

因为尹大此前有交代，不到万不得已，不要通知任何人，所以才这么晚告知茅诺曼，希望她能够谅解。

尽管十分惊骇与愕然，但是茅诺曼一声不响地听着曾司机介绍情况。

他的声音还是没有感情色彩。

电梯的门打开了，重症监护病房设在四楼，这么短的时间，曾司机把事情说得十分清楚，条理分明。

茅诺曼走到重症监护室的门口，阎黎丁从长椅上站了起来，看到她时泪如雨下，半晌说不出话来，完全给吓住了。好一会儿才絮絮叨叨地解释，曾司机一直说奶奶住院是例行公事地检查身体，所以他并没有当作一回事，因为以前都是去住几天就出院了。但是这次根本不是，是奶奶在家突然晕倒了，她其实病得很重。

透过宽大的玻璃窗，茅诺曼看见尹大躺在重症监护室里的病床上，四周全部是各种各样叫不出名字的仪器，各种管子围绕着她从来都不怎么健壮的身体。医生护士穿着严密的工作服，压低帽子，捂着口罩，只露出眼睛来有条不紊地忙碌着。在那些高大的先进仪器面前，病床显得很小，尹大就更加微不足道。她像是被遗留在了某医疗器械公司的器材仓库里。

生命到底是什么？

那么强势，又那么渺小；那么执着，又那么无奈。

谁的人生不是一场炼狱？

茅诺曼呆呆地站在原地动弹不得，不知道能说什么，能做什么，脑袋里是一块灰色的石头，压着头，也压着嘴。

阎黎丁却在一旁说个不停，"……我到现在都没法相信，我爸爸重病期间，奶奶是带着病服侍他和安慰他啊……爸爸走的时候，是奶奶给他擦身，奶奶擦得很仔细，从头到脚，一滴眼泪都没掉，她说不想让爸爸难过地走……

"我怎么什么都没有看出来呢？

"她都没有给我留下什么话啊……她一定是有话要跟我说的……"

黎丁边哭边说，说得刹不住，他的眼神里是慌乱和无助。茅诺曼只好转过身来，轻轻把他抱在胸前，小声说道："你安静一点，奶奶会难受的。"

她抚摸着他的后背，慢慢地，一下一下的，像对很小的哭得上气不接下气的孩子。黎丁终于慢慢地安静下来。

渐渐地，她进入了一个清凉世界。

尹大记得她在昏迷之前一直在发烧，再早一点是低烧不断，用了各种药物都降不下来，所以感觉身体里面有一个火球，还是熊熊燃烧不肯熄灭那种，直到化为灰烬。终于，她开始变得像羽毛一样地轻，随风飘荡，上升到一个高度，空气开始稀薄，让人感觉到久违的寒凉。

的确，是她告诉曾司机，不到最后一刻不要告诉阎黎丁，也是唯一能为他做的了。她太爱他，不想他难过。

至于她的葬礼，从简就好。

不搞遗体告别。一切办完之后再发布消息。

这个世界是公平的，仇恨不会放过任何一个人。在仇恨中，她的疾病也全面爆发。那也没有办法，有时候甚至感觉仇恨反而是最强悍的生命力。

在她和武翩翩之间，一个是胜败，一个是败胜，并没有赢家。

道理全都明白，但是仇恨就像森林火海，没有一刻停止燃烧，根本无能为力，无法扑救，势不可挡，只能等它将息。人，又有什么时候战胜过自己呢？还不是任其灰飞烟灭。就像此时此刻，她也没有原谅武翩翩，她不会见她，更不需要道别，都不必展示最后的不堪。

对于以往的所为，她毫无悔意。"十步杀一人，千里不留行。事了拂衣去，深藏身与名。"这世上有多少恩怨是雁过无痕。

恨到归时方始休。

六年前，她被诊断出乳腺癌。当时胸部是有一个包块，不过边缘清晰也没有痛感，以为是良性的，通过穿刺做了病理分析，确诊为浸润性乳腺导管癌，癌细胞已经转移至淋巴。尹大先后以旅行的名义去了北京和法国，医生的意见都高度一致，以她当时的情况最保险保命的做法就是切乳。

她看了自己的手术方案，医生将从乳房中间下刀，切开一条十多厘米长的口子，把病变的部分切除，再一点一点清扫扩散到淋巴的癌细胞，尽可能地将癌细胞一网打尽。乳头肯定是保不住了。

最终，复星医院的老院长也是劝她手术，她说让我想一想。

蝼蚁尚且惜生命，生死面前无英雄。但是对于有些女人，她们性格中的坚韧部分远超生命。尹大若是可以用常理来规范，那她真就不是她了。

其实她的内心有一个坚定的声音，不做手术。

我要完整地去见我的阎副官。我在他的心目中可是个美人啊。

阎副官曾经说过，在我参加革命之前，一直以为有什么正义、使命、自由平等、千秋伟业之类，后来才知道哪有这些东西。但是说真的，如果我没有参加革命，是绝对娶不到千金小姐的。

阎副官说尹大是麦子地里的一棵红高粱，见到了就忘不了，满脑子都是她又白又细的皮肤，黑洞洞的杏眼，碗口大的腰身。

选择向儿子隐瞒一切，也是典型的尹大风格。

她爱阎诚，不希望他在千百种压力下，还要为她担忧。然而万万没想到，阎诚抢先一步重病离去。后来就算想说，也开不了口了。

所以，她怎么能不痛恨武翩翩？

怎么能让她得逞？

她怎么能看着儿子倾注全部心血的青玛走向衰败？让黎丁在那个疯狂女人的阴影下茫然不知向何处去？

六年，她的确是以病人的心态对待最后的人生。

终于可以卸下了千斤重担了。

尹大看着自己的背影渐渐远去，从老态龙钟到腰身笔直，从白发如雪到青丝若云，步履从蹒跚到轻盈，犹如当年义无反顾的青春出走。那一身深青如黛的琵琶扣软缎旗袍变成了猎猎戎装。

远处，炮火连天却悄无声息。

烽烟滚滚，遮天蔽日。

大团大团的油烟散开，野生大鱼在硕大的铁锅里吱吱爆响，巨量的葱姜蒜带出了浓重的土腥味。

茅诺曼给呛得差点站起来，她捂住鼻子咳了两声。

然而客人们一阵小小的欢呼，兴奋起来了，外联和公关等部门的下属也非常高兴，请客无非是让宾主尽欢，难为他们找到这样的地方。

晚上的商务宴请是在一家特色饭馆，包房里有一个明火红砖灶台，上面放着一尊黑色大铁锅，下面烧柴火。餐厅坐落在闹市区的商业大厦里，搞得却跟农家乐似的。粗粝的墙上挂着斗笠和蓑衣，灯光也是昏黄如农舍，绝不通亮耀眼，既省电又应景。一切都是装模作样的恶趣味。

这一套吃得开呀。

食客们围着铁锅一圈坐好，整理干净的新鲜的大鱼当着众人的面下锅烹制，煮熟之后先喝汤，再吃鱼，最后下一些青菜或土豆莴笋之类，作为意犹未尽的收尾。这种吃法比较有气氛，再喝一点酒，夫复何求！

吃完晚饭，众人也没有散的意思，还要去唱K。茅诺曼就告辞回家了，这也符合众人的心愿，希望玩得更恣意更放肆。

晚上的客户是大型超市和购物台的主管，茅诺曼必须到场以示重视。

尽管制造业的寒冬已经来临，但是毕竟青玛及时完成了产品升级，线上调整，以及各个部门的重新整改、落实岗位责任制，同时赢得了质量上的口碑，稳住了大局。在这样的时间截点，也只能不图冒进，但求稳健。

茅诺曼回到自己居住的小区，把车在停车场停好。下车的时候还是感觉一身的油烟气，连头发里都是呼之欲出的土腥味，必须全面清理。

路过楼下的信箱，她取出一摞信件和常年订阅的报刊。

她还是个老派人，各种对账单寄到住处，古老的报刊成为多年的挚友不离不弃。她对纸质读物有一种习惯性依赖。

回到家里，打开灯，换了鞋，带着有些嫌弃的心情把外衣外裤脱在门口，搭在一张椅子上，备洗。明天钟点工阿姨过来自会处理。这才换上家居的休闲服从玄关来到客厅，否则客厅里的布艺部分也全部会沾有鱼腥味。

民众狂欢的味道通常有着超凡的穿透力。

用客人的话说是这顿饭吃得荡气回肠，有成就感。

一封一封的查看信件，其中一张明信片如约而至。图片是迪拜的哈利法塔大厦的 122 层，号称是世界上最高的餐厅。翻过来，是阎黎丁的笔迹：毛毛阿姨，高空致敬。

茅诺曼下意识地拿出手机，想了想，还是放下了。从黎丁不辞而别的那一天起，他一直关机，无数次的拨出号码，回复是同一个电脑语音。

尹大坚持了六天，还是走了。

第六天的晚上下起雨来，连绵起伏没有停歇的意思。一连数日都是铁黑色的天空，乌云沉在头顶，压得人喘不上气来。

只有做善后事宜时感觉到凄风苦雨，比较配合心情。

自从那个夜晚之后，黎丁没有再表现出惊慌失措，茅诺曼也就放下心来。后续的事情主要是她和曾司机具体办理，黎丁就跟着他们，其实跟着也没有什么用，但是黎丁不肯离开或者自己去休息。最常见的情况是一车三个人，谁也不说话，商务车默默地行驶，也是一种默默地忧伤。

按照尹大的遗愿，她的后事全部办完之后才公布消息。

包括她两个远嫁国外的女儿，阎诚的姐姐，她也是这个态度，不必千里奔波。事后通知她们就好了。

公司内外，人们的各种唏嘘一定是有的，但也一定会渐渐平息。一个人的离世其实并没有什么了不起的。

然而，几乎所有的人都承认，尹大才是青玛真正的定海神针，如果不是她的坚持，她的一系列果断举措，在阎诚过世后的风雨飘摇中，在制造业倍受打击的今天，即使豪华如泰坦尼克的青玛也是会说沉就沉的。

　　商海的凶险，从来是没有预警没有声息地吞没。

　　善后的最后一件事是律师告知遗嘱。

　　通知了相关人员在青玛公司高层的小会议室集中，茅诺曼也不方便问都有谁参加，接到律师的电话通知，她便按时前往。心里想着，说不定牵扯到家族的许多人，小会议室够用吗？不会产生巨大纠纷吧？当场冲突起来怎么办？律师其实就是青玛的常年法律顾问，是个六十多岁的老头子，看上去清瘦，体魄也非常一般，万一有事他能控制住局面吗？

　　总之越想越复杂，各种争夺遗产的所见所闻开始自动脑补，真不知道会发生多么奇怪的事。

　　怀着复杂忐忑的心情，茅诺曼扭开了小会议室的门。

　　结果却是出奇的反高潮。

　　同时也出奇的反逻辑反直觉。按照规定的时间地点，茅诺曼发现只有自己和曾司机出现在小会议室。律师踩着点进来，劈头就问阎黎丁怎么还没来？茅诺曼问还有谁，律师说没有了。茅诺曼说没有武翩翩吗？律师说没有，只有你们三个人。

过了二十多分钟，阎黎丁还是没有来。打他的手机，关机。

一个小时以后，他主动给茅诺曼发来信息，表示不要等他了，他要外出散散心。而且会和茅诺曼保持联系，叫她放心。

尹大把大部分的股份留给了黎丁，另外分给了茅诺曼和曾司机部分的股份，嘱咐曾司机留在青玛工作，并把乡下的老婆孩子接到城里，据说阎副官在世的时候就跟他反复提过，他自己不肯，说这样会分散精力，总之就像在部队时那样，休假并且往老家寄钱就好了。

尹大表示青玛会对曾司机负责到底，也是阎家永远的老管家。

曾司机接受遗嘱副本，神情如旧，但是眼圈红了。

尹大给茅诺曼留了一封信，内容非常简单。

她说，"毛毛：如果有什么对不起你的地方，人死如灯灭，就不要计较了。钱，买不回什么，更不要放在心上。我对你唯一的期许就是，对待青玛和黎丁视如己出。一切拜托了。尹大敬上。"

眼泪奔涌而出，不知是为什么。心中并没有一个清晰的泪点，就是悲从中来，无限忧伤。

那一个极有仪式感的下午，平静地结束了。

茅诺曼曾经问过律师，"这么简单，不会有纠纷吗?"

"你希望有纠纷吗?"

"我不是这个意思。"她抱歉地笑笑。

律师淡淡笑道，"等有纠纷的时候再解决纠纷吧。"

律师说，有关尹大留给女儿和众多亲戚的遗产，因为跟你们毫无关系，在此不表，他会逐一处理。

他们握手道别，其间律师没有一句废话。尹大一生都喜欢用老人，或者老派的人，已经成为她的一种习惯。

唱片柜的上面放着一块厚重的巴掌大的水晶玻璃，无色通透，里面制作的线条图案是当年的田园大厦，甚是雄伟庄严。也是茅诺曼人生的巅峰时刻，登顶体验。现在田园已经被收购了，这一块镇石成为一念相思。原来人生许多自认为重要的经历，转眼间就可以变得微不足道。

遇到合适的价格，田园出让，四两拨千斤。而她的伟大人生却隆重地浓缩在这块水晶玻璃里，聊以自慰。

水晶玻璃下面压着这段时间黎丁寄来的明信片。

第一张是乌斯怀亚，这个风情小镇是启航南极的门户。上面写着，这是世界的尽头，一切都可以从头开始。

特拉维夫酒吧之夜。

挪威的极光。

暮色中的泰姬陵。

死海。

哥本哈根的街头。

埃文河上的斯特拉特福，莎士比亚的故乡。

帕劳的海底深潜。

等等。

然而不知为什么，总是感觉不到他有多快乐，只是亢奋，感觉不到他在拥抱世界，只是在逃避现实。

他到底要飘移到什么时候呢？

拿人钱财，替人消灾。就算是知道尹大生前与武翩翩失和，现在尹大已去，阎黎丁又不在身边，茅诺曼感觉自己还是要去探望武翩翩的。

第二天下午，茅诺曼买了一些营养品，乘坐公司的保姆车前去武翩翩居住的花都别墅。乡下地方是千篇一律的山清水秀，满眼都是层层叠叠的绿色，有些浓墨一般，而有些是浅薄的淡翠，十分亮眼。

与城里最大的区别是空气如洗，沁人心肺，忍不住地想做深呼吸。

武翩翩的家是一幢三层楼的独立别墅，前后两个院子面积开阔，尤其是后院，依偎着一条人工湖，半个院子种着茉莉、月季和美人蕉。还修了一个中规中矩的亭子，里面石桌石凳齐全，坐在里面品茶叹景原是极好的。

想必当年也是宾客盈门，欢声笑语吧。

但如今亭子的地上除了一些落叶，再就是久候无人的寂寥，感觉好不落寞。

茅诺曼到达别墅时，康复护士说武翩翩还在睡觉。茅诺曼说那就先别打搅她，我可以等一会儿。

于是两个人在后院的阳台下坐着，有一句没一句地说着闲话。

康复护士说，其实武翩翩的身体还很虚弱，因为吃不了什么东西，她性子又急，越发瘦了，而且动则一身虚汗，有时一天要换几身衣裳。人也是昏昏沉沉的总是要睡。她原以为出了院养些日子就好了，又可以驰骋商场。哪里知道出院只是康复期的开始，病去如抽丝，一天一天把人磨得一点脾气都没有。所以茅总你过来，千万不要跟她谈什么工作，只劝她好好休息就对了。

茅诺曼心想，哪里会有人跑到这里来跟她谈工作？

康复护士说，怎么没有，她打电话还让人送青玛公司的报表和企划案给她看，还真有人给她送过来。这叫什么事？命都不要了吗？

这也难怪，尹大一走，青玛公司的中层干部又开始重新站队。

又说了一会儿话，保姆才过来告诉她们武翩翩醒了。

茅诺曼去了二楼武翩翩的房间，她已经坐起来了，半靠在床上，果然身体虚弱，脸上是黯淡的病气，嘴唇也没有颜色，额头潮湿，估计就是虚汗的印记。见到茅诺曼只能客气地点点头，算是打了招呼。

茅诺曼不是第一次来，这次也一样，两个人都刻意回避关于尹大的话题。又不合适说工作，就只能谈及阎黎丁。

"他还没有回来吗?"武翩翩问道。

"没有。"

"还能有什么出息?到底还是纨绔子弟,关键的时候跑得没影了。"

"可能他的压力实在太大了。"

"谁没有压力?"武翩翩欲言又止,她当然感觉青玛现在是真空状态,这种时刻阎黎丁缺席无论如何说不过去。

为了缓和紧张气氛,茅诺曼道,"黎丁有给你寄明信片吗?"

武翩翩两眼茫然道,"什么明信片?什么也没有啊,打电话就是关机。你说现在的年轻人还有一点责任心没有?"

茅诺曼报告了一下阎黎丁现在大概的位置。

武翩翩余怒未消道,"不争气的东西,家里出了这么多的事,怎么能自己跑出去玩呢?是跟那个小妖精一块去的吧?"

"那倒不是,他们好像已经分手了。"

公布遗嘱那天之后,好一段时间阎黎丁并没有跟茅诺曼联系。茅诺曼心里不踏实,曾经给艺殊打过电话,当时艺殊在贵州，她说跟黎丁完全失联，打电话，关机；留短信，不复。她说不会有什么事吧？茅诺曼说不会。挂断电话之后，茅诺曼感觉到艺殊的坦然，她想他们是分手了。

武翩翩叹了口气，眼睛望着窗外，"好吧，我最近也听说了，青玛被你管理得井井有条……一切都拜托了。"

"嗯，你就好好养身体吧。"茅诺曼扫了一眼武翩翩枕边的青玛公司报表一类的文件，起身告辞。

武翩翩在她身后自语道："不知她是救了我，还是要折磨死我。还真不知道呢。"

她回过头去。

武翩翩依旧望着窗外，越是倔强的人，越是绝望哀怨的眼神，越发让人久久不能忘怀。康复护士说，得知尹大死讯的那一天，武翩翩什么表情也没有，整整一天，她没有说过一句话。

十四

天气真好，宛如宫崎骏电影里的夏天。

闪电风暴过后，一定是那充满蓝天白云，充满碧草繁花的世界，还有森林、草地和你。果然是这样的境界啊。

直升机轰鸣着缓缓地离开地面，阎黎丁也感觉到自己开始腾云驾雾冉冉升起，那种体验简直奇妙极了。他全副武装地坐在驾驶室里，身边是沉着淡定的私飞教练。黎丁非常喜欢实操训练。

学开飞机的念头是在土耳其的卡帕多西亚乘坐热气球的时候产生的。

热气球飞行并不是一件简单的游戏，在飞行时间和天气的选择上大有学问，也极其讲究。当清晨坐在吊篮中看到日出，观赏到当地宏大壮美的地貌。感觉时空是静止的，脑电波一动不动。

但是，人在天空的感觉又是自由自在，身心没有半点阻碍。

很符合他此时此刻的心态：奶奶的离开，终于让他周身无形的框架散落了，他像水一样开始四溢，流淌，渴望开阔，无拘无束。

在那个框架里，他们都希望他成为霸道总裁，像肖像油画那么严谨。

他对过去的小心翼翼，努力学习，认真改行，做力争上游的大好青年简直深恶痛绝，厌烦极了。那样做无非是要达成一种平衡，好让身边的人快乐一点。可是有什么用呢？奶奶还是走了，母亲还是重病，人生从来就不会因为个人的挣扎而改变毁灭的方向。多么痛的领悟。

失衡只在瞬间，干吗还要去做什么大好青年。

给奶奶办完丧事之后，黎丁感觉自己身上的某一个开关突然被关上了，然后生命的一切便停止了。

尽管每天晚上都流眼泪，一觉醒来枕巾都是湿的。但他分明感觉到自己的心越来越硬，也越来越无情。明明，他逃跑到一个自由自在的世界，但他又清楚地知道自己走进了一间漆黑的屋子。

他被一只无形的手推着往前走。

阎黎丁在网上查到了珠海某家学飞行的俱乐部，是央企中航通飞下属的俱乐部，非常正规，通过理论考试之后，还要完成不低于四十个小时的实操考试，之后通过民航部门的专业考核，才可以拿到私飞驾照。

签下这个合同，花了将近 30 万元。

为了完成理论考试，每天刷题，题库里面有 1800 道题，看得人头都晕了。好在也不比医学上的题目更难，甚至令黎丁饶有兴致。

过往的经历，变成别人的故事，显得遥不可及。

艺殊每天都有数条留言，但他一点依恋她的感觉都没有。

人只有无聊的时候才会需要一个爱人，辛苦的时候需要的是慰藉和伙伴，一旦彻底绝望就什么都不需要了。一个人就是一支军队，没有拖累也没有负担，想干什么都可以轻松上阵，无所不能。

降距杆，反扭矩。黎丁在心里默默地重复着飞行术语。

脚下是一片锦绣河山。

某大学附属医院门诊部的四楼，候诊的走廊上拥堵不堪，到处都是人，病人或者病人的陪护。空气因此变得混浊，压抑。

　　茅诺曼的眉头微微皱了一下，但还是尽量心平气和地挤坐在金属长椅上，身边是阎黎丁，黎丁的头有气无力地靠在曾司机的肩膀上，面有菜色，身体也十分虚弱，完全不是曾经意气风发的样子。

　　上周星期五的下午，公司请专家讲新媒体营销的课程，茅诺曼也在听课，心里盘算着青玛公司如何适应新的市场巨变。

　　课程快结束的时候，艺殊打来电话，先是有点语无伦次。

　　茅诺曼低声说了一句，你镇定一点。

　　手机的那一头这才沉默片刻。

　　艺殊缓了一口气说，阎黎丁的手机终于被人打开了，一开机正巧是她的电话插了进去，对方便告诉她阎黎丁病了，而且病得很重，叫他家里来人把他接回去。她问对方到底是什么病？对方说不清。让黎丁听电话，对方说他根本说不了话。她这才着急了，但她现在人在银川，而阎黎丁在珠海，只能赶紧报告茅总。

电话听了一半，倒是茅诺曼刷地站起来了。

她快步出了大会议室，到了走廊。

虽然有一段时间没收到黎丁的明信片，但没有到他会病倒，以为他在哪里玩得流连忘返也不是没有可能。

茅诺曼赶紧找到曾司机，两个人二话没说便驱车赶往珠海。

找到那家学飞行俱乐部的时候，天已经全黑了。私飞教官带着他们去了学飞人员入住的宾馆。

阎黎丁一个人躺在房间里，果然是面目全非，人瘦得脱了相，两只眼睛大得像小灯泡一样，明显的黑眼圈。而且见到他们依然是面瘫表情，一句话也没有，像不认识一样。茅诺曼一把抓住他的手，隐隐感觉到他的手震。

什么情况啊，茅诺曼被吓到了，就像正常人看到了黑砖窑。

目瞪口呆。

宾馆房间的窗户开着，海风把窗帘吹得翻飞飘扬。

但室内没有半点人的气息。

私飞教官说，无论如何阎黎丁也是他们俱乐部的豪客，所以工作人员对他照顾有加，他也非常聪明，学什么都很快上手。但不知为何，突然就病了，一会说心脏不舒服，一会说胃不舒服，带他去当地的医院检查，没有什么大碍，也开了各种药，吃下去什么起色也没有。

的确，房间里的茶几和床头柜上堆满了各种药品，五花八门。

后来发展到不吃不睡不说话，整个人就开始不对劲了。

又去找大夫看，说是考虑"双相障碍"，主要症状是患者先是轻躁狂状态，精力充沛，创意无限，自我感觉非常良好。然而终有一天转入忧郁状态，一旦发作，比单纯的抑郁症更严重。

至于治疗双相障碍，必须找到专科医生，因为如果下药不准，有可能加重自杀倾向。而在这一期间，阎黎丁完全不能吃东西，晚上又只能睡两三个小时，人迅速消瘦，绵软无力，又坚决不肯和家人联系，说是没有家人。所以他们不得不找到与阎黎丁有关联的人，否则后果不堪设想。

连夜，曾司机背起黎丁，三个人一路去地下车库，打道回府。

黎丁根本坐不住，屈腿躺在车的后排。

身上盖着曾司机的外衣。

汽车在黑暗中行驶，只有路面和轮胎摩擦的沙沙声响。茅诺曼对抑郁症并不陌生，她的脑海里一次次出现宾馆里翻飞的窗帘，心中一阵阵后怕，但凡阎黎丁还有一点力气，如果趴到窗口会是什么局面，那里可是十五楼啊。

她不敢想下去了。

晚上没有吃饭，但是她一点也不饿。算不算饱受惊吓？曾司机却不同，一边开车一边啃着肯德基的鸡腿，是茅诺曼沿途跑下车给他买的。偶尔喝一两口可乐。他的视线始终注意前方，令人放心。

他的话永远是出奇的少。

茅诺曼坐在副驾驶的位置上打手机，找朋友问本市精神心理科最好的大夫是谁。答案令她有些意外，居然是肖千里。

朋友说，若说临床，他是最好的，用药神准，没有之一。

他不是一直在教书吗？

难道他就不进步了吗？后来去读了某著名医学院精神卫生系的博士，虽然没有留学的经历，但是临床经验丰厚，论文多在高精尖的杂志上发表，是业内公认的业务水平甚为高超的专业人士。

　　茅诺曼打开百度：肖千里，某大学附属医院精神心理科主任。最新的论文是有关罗夏墨迹测验的临床应用。罗夏墨迹测验是瑞士精神学家罗夏创立，是非常著名的人格测验，也是少有的投射型人格测试，在临床心理学中使用得非常广泛。有关文章还介绍了肖千里擅长各种成年心理障碍患者，尤其对双相障碍以及应激障碍的诊断与治疗，有着独到的见解和丰富的经验。

　　茅诺曼陷入了沉思。

　　在她和肖千里离婚一年多之后，某一天，肖千里突然来找她，说是想谈一谈。两个人去了咖啡厅。

　　肖千里说，他感觉自己做了一个长长的梦，现在终于醒了。他说这并不奇怪，像某些一直循规蹈矩的人去了一趟巴黎，或者丽江之类的地方，忽然停下脚步，做了所有想做的事，四个月，半年，或者更久一些。但终究人会醒来，然后回归过往的轨迹或者正常的生活，就像什么事情都没发生过一样。

他说，他意识到离婚是错误的，其实在他内心里是深爱茅诺曼的，他们也是同一类人，在一起舒适合拍，只是发生了意想不到的灾难，才造成了无法挽回的后果。

其实他也下定决心，既然覆水难收，那就面对现实吧。

于是走马灯似地相亲，结果不仅不理想，反而一经比较，更显得茅诺曼的可贵，令他更加感到遗珠失璧的憾然。

直到有一天，那个嫌弃他得肝炎的前女友来找他，述说自己的婚姻矛盾重重，根本毫无幸福可言。并且听说肖千里离婚了，希望与他重修旧好，立刻回家办离婚。两个人重新开始，美好的生活已经在向他们招手了。

肖千里说，他自己都奇怪当时为什么会心如止水。

这个曾经让他牵肠挂肚夜夜难眠的女人，目前在他的心中激不起半点漪涟。她的变化并不大，脸蛋依旧可人，身材苗条，姿色犹在，甚至楚楚动人的泪眼还是那么惹人怜惜。可是一切都变了，都回不去了。相比起茅诺曼，这个女人显得那么俗气，那么让人没法忍受。

他说他是后知后觉的人，请原谅他所犯下的错误，因为失去儿子，他的心情糟糕到极点，完全没法承受这个现实。

　　人也失去了理智，做出了过激的选择。

　　他希望茅诺曼原谅他，再给他一次机会。

　　可以先不复婚，只要交往就好了，他愿意一直等下去。

　　当时的茅诺曼毕竟太年轻了，也许倔强这个性格成就了她也毁掉了她，直到她功成名就，站在象牙塔尖的时候，才明白了妥协和屈服的可贵。而在当时她感觉肖千里实在好笑，在她的人生跌入谷底，在最危难的时刻，他是雪上加霜的那个人，是再踏上一只脚的那个人。

　　说得多么轻松啊，他现在醒了，可是他想过吗？她的噩梦才刚刚开始，常常，想到那时的遭际，她都会在半夜里惊醒。

　　她平静地对他说，过去的就过去吧，我们都彼此珍重。

　　但是肖千里做不到，他经常来找她，等在她单位的门口，在她住处的楼下徘徊。甚至可以说，她最终选择出国，也不是没有摆脱纠缠的理由。

可是他还是找到了她在国外的地址，频繁地给她写信，那些信她从来没有回过，而且也从来没有拆过。只不过不知为何，她却没有烧掉它们，只是放在一个珍藏旧物的盒子里，整齐地放着。

偶尔地，她也会想起他，她承认他不是一个坏人，也承认他们有琴瑟和谐的时刻。曾经，他们结婚之后，他把所有的工资和奖金交给她，由她来发零用钱。他知道她爱吃鱼，总是自觉地吃鱼头鱼尾，给她留下最好的部分。曾经，她因为内心烦闷躲在卫生间里抽烟，某一日发现偷偷放烟的地方，大前门变成了大中华。她害喜的时候突然想吃吕宋芒果，他跑了大半个广州去给她找这种芒果。

可是那又怎样呢？他们终究迈不过那道最深的坎。

从此肖郎是路人。

曾司机的车开得十分平稳，以至于停了下来，茅诺曼还没有从往事中醒过神来。直到曾司机下车去背人，关车门的声音才让茅诺曼惊回现实。

回到阎黎丁的家中，把他安置在他房间的床上。

保姆已经做好了面条，茅诺曼放了小半瓶醋在里面。

她扶起黎丁，坚持让他吃一点，黎丁眉头紧锁，一直摇头表示吃不进。茅诺曼示意他试一试，好说歹说，他没有吃里面的荷包蛋、香菇之类，勉强喝了面汤又吃了几根面条。

他躺下之后，茅诺曼搬了个椅子在他的床头，给他缓慢地按摩头部，希望他能够放松下来，说不定还可以睡一会。果然，他的状态不像最初那么无力而紧张了。

阎黎丁不自觉间闭上了眼睛。

茅诺曼继续按着，尽管她也累了，但是动作停不下来，因为担心不已。直到她感觉黎丁睡着了，才悄悄起身，给他盖好了被子。然而只是瞬间，黎丁抓住了她的手，他想说什么，但什么也说不出来，只是眼泪止不住地流了下来。

茅诺曼附下身去，低声道："没事的，我们可以找到最好的医生。一切都会好起来的，你放心，你相信毛毛阿姨。"

阎黎丁一言不发，还是抓住茅诺曼的手不放，还是流眼泪。

幸亏家里有一张拉床，以前买的，或是防备不时之需。茅诺曼让曾司机把床找出来，保姆把它擦干净了，拉开，就放在黎丁床的一侧。茅诺曼和衣躺下，隔着数指的距离，一直和阎黎丁手牵着手，直到阎黎丁隐隐地似乎昏睡过去。

茅诺曼知道，她不得不找肖千里了。

所以他们才会在这里，精神心理科候诊的地方。肖大夫的时间非常宝贵，他每周只有两天门诊，两天上课带学生，还有两天在个人心理咨询室。据称他的病人非常之多，有时生病吊着水还在看病人，开药方。他的门诊日人满为患并没有出乎茅诺曼的意料，只是不知道多少年过去，再次相见会是怎样一种状态？并且，她更担心的是阎黎丁，选择治疗方向对于病人至关重要。

这两个人会有医缘吗？

他们等了两个多钟头，在这样的走廊上，时间什么都不是，没有人关心病人等待的焦虑，无论你是谁，是否有钱，在稀缺资源面前人人平等。

将近三个钟头的时候，终于听见护士喊到阎黎丁的名字。

曾司机搀扶着阎黎丁，他们走进诊室。

四目相望的一刹那，肖千里的确深感意外，但是神情又是超乎寻常的平静。体现了一个资深职业医生所特有的素质。

　　与茅诺曼也没有半句寒暄，相信曾司机都看不出来他们何止是认识。

　　肖千里只是简单问了阎黎丁的情况，就动笔开药方。

　　茅诺曼几乎是诧异地看着肖千里，我们可是等了三个小时啊，你这还不到三分钟，怪不得医患矛盾……哦，这是什么情况啊，是千年等一回的报复吗？总之一时间内心戏多到爆款，一秒钟一个想法。

　　这时候，肖千里的药方递了过来，淡定道："这个药吃到第七天，他开始吃饭，但是药不能停，最少要吃八个月。"

　　茅诺曼接过药方，只哦了一声。对于如此之短的看病时间完全不知所措。

　　肖千里补了一句："他现在的状况连话都说不了，没办法问诊，等能吃饭以后再来复诊吧。"说完示意护士叫下一位病人。

　　回家的路上，车里例牌的安静。半晌，曾司机少有地冒了一句:"这个大夫,靠谱。"之后,车里重归沉默。茅诺曼只是在心里哼了一声。

现代人果然是没有所谓的曾经。

曾司机又道:"说一堆废话的,全是莆田系。"

"但愿吧,但愿是个神医。"茅诺曼勉强敷衍了一句,把目光投向窗外。街道上一派繁乱,尤其是在三甲医院附近。

这是一个平常的下午,虽然四处依旧车水马龙,各色人等行色匆匆,繁忙都市的快节奏中总是透着一丝懒洋洋的倦怠。

阎黎丁来到可可大楼的时候已经将近 4 点。

因为是巧克力色,可可大楼由此得名,位于大学城的附近,朴素老旧的样子。是一座居民楼,总的高度是二十八层。它的第四层是一个小型的空中花园,花木丛中,一边是会所,另一边,肖大夫的心理咨询室就设置在这里,也算是他的个人工作室吧。阎黎丁现在每周都会过来,次数不等。

对于这场声势浩大的病,对于阎黎丁来说,是躲得过对酒当歌的夜，逃不脱四下无人的街。

一开始并不显山露水，只是轻度的亢奋，让他感觉到为所欲为的自由与快乐。来势凶猛是后来的事情，而且没有过程，突然就不吃不睡，情绪极度低落，还有就是泰山压顶的沉重感，如有一块岩石在头顶盘旋。

他的世界变成黑白两色。

内心深处是无边的恐惧，不是怕死，是感觉自己成了不可名状的悬浮物，飘在半空中，开始一点一点地消失。

唯一需要的就是陪伴，也是他一直抓住毛毛阿姨不放手的原因。

毛毛阿姨也是奶奶留给他的遗产，日夜陪护。

果然，在服药后的第七天，黎丁开始正式吃饭，此前也就是喝口汤或者几根面条那种，什么都吞不下去。正式吃饭是坐在餐桌前，可以吃少量的米饭、可口小菜，还有汤，渐渐地开始有胃口。睡眠也有了小小的改善，偶尔可以连续睡几个小时。

这样他开始相信肖大夫，或者说对肖大夫产生了一种依赖感。

肖大夫说过，你不用来得这么勤，等待也是治疗的一

部分。等待身体的复苏，等待内心的调适。

人体的自愈能力是非常强大的。

但是他做不到，他必须经常见到肖大夫，哪怕一句话也不说，他都会感觉心里踏实。其实肖大夫看上去并不是一个和蔼温暖的人，甚至还有些冷漠，还有一些骨子里的清高和自我。但不知为什么这却让黎丁的心里更踏实，而并非略感遗憾。

可以说，毛毛阿姨对于这样的结果几乎是欣喜若狂，立刻找来曾司机和艺殊开会，真是一个名至实归的职场女人，凡事量化。

三个人进行了分工，毛毛阿姨负责吃饭睡觉看病。看似简单的事情，她非常严肃认真地对待，在网上遍查资料，分析研究，确定有一种说法是，促进大脑健康，目前最有力的证据支持是"地中海饮食"。即意大利、希腊和西班牙的传统饮食习惯相加提炼而成，主要由水果、蔬菜、坚果、全麦、深海鱼、适量瘦肉和橄榄油组成，偶尔包括一点红酒。

每周都是毛毛阿姨制定食谱，有空的时候还和保姆一起去采买。

曾司机除了接送之外，要陪黎丁去健身房，因为肖大夫说了，病人需要适度的活动与锻炼。艺殊负责户外活动，无论爬山、骑行，或者看电影、听音乐会，包括下馆子都是由艺殊打理。

有一个傍晚在二沙岛的江边骑行，当时黎丁的体力还在恢复中，所以骑一辆双人自行车，艺殊在前面，黎丁在后面。

望着艺殊瘦削的背影，依旧能感觉到这个女孩子不容小觑的爆发力，她蹬着车子，神色明朗。

但其实黎丁已经在网上看到了贺小鲁在国外包了一个什么什么鬼岛的超豪华婚礼，梦幻程度达到世界级童话水平。

还有娱乐圈里的人担任男女傧相，画风又美又体面。

然后去巴黎度蜜月。

自从那次醉酒之后，她再也没有在他面前提起过贺小鲁。

她接到洗衣粉和卫生巾的广告，都是配合一线大牌的配角，但是看得出来她非常认真努力地完成工作。

但是她真的太瘦了，好想抱抱她。

那天在二沙岛骑行后，他们坐在江边的石条椅上歇息。

　　黎丁说，我还真得感谢你的救命之恩。

　　艺殊浅笑道，你是我的缘，我才是你的债。其实每一次在我最困难的时候，你总是会出现。那天你在兴盛街看到受伤的我，还是不计前嫌地陪我喝酒，你知道我心里有多感激吗？谁能保证自己不是先抑郁的那个人。

　　艺殊还说，你失踪以后，跟外界断了联系。我当时直觉你可能是病了，我是做过亏心事的人，怎么可能不担心呢？所以每天都打十几通电话，希望能撞上你开机。

　　她笑道，我还是在深夜里痛哭过的那个人。

　　在此之前，她还清了欠他的债务。她把银行发出的短信证明发给他。还发了一条信息：终于两不亏欠，终于，我不用给你赔笑脸了，不用小心翼翼。可以拍桌子，可以吵架，更可以一起喝酒称兄道弟。但我们一定要活得一样快乐，只有快乐才配得上我们所受过的辛苦和折磨。

　　当时的他，居然鼻子都酸了。

　　江边的风还是那么清凉拂面，温柔如许。

　　只是须臾之间，阎黎丁已经来到了心理咨询室的门口，他敲了敲门，便听见肖大夫"请进"的声音。

一个梳着双马尾的女孩子红着眼睛离开了心理咨询室。

是接受心理治疗的客人。

"我影响你们了吗?"黎丁问道。

肖大夫一边整理桌上问卷之类的需要存档的文件，一边回道，"没有。我们已经聊完了。"

"她好像哭了。"

"是的，心情不好。"

"初中生。"黎丁的意思是意外的年轻啊。

"她爸爸反复外遇、出轨，可是又非常爱她，这让她很纠结。"

黎丁没有接话，直觉不应该打听人家的隐私，尤其是在这种地方。

肖大夫也没有深入这个话题的意思，却说了一句，"年轻的男人，为什么特别容易犯不能原谅的错误?"有点自言自语的味道。

这时，阎黎丁的手机响了。

是毛毛阿姨，问他人在哪里，查询、叮嘱、安全一类的电话。

通完话，他关上手机。

肖大夫道，"毛毛阿姨对你挺好的。"

"是很好。"

"你觉得是为什么？"

"可能是她曾经喜欢过我爸爸吧。"

"未必。"

"什么意思？"

"你知道当年你爸爸喜欢她的程度吗？"

黎丁笑道，"难道你知道吗？"

肖大夫没有说话，神情里却多少有一点我怎么会不知道的意味。

对话当然也是治疗的一部分，这样一路聊下来，对于黎丁来说，肖大夫已经算半个家人。他对肖大夫的信任有些特别，除了冷静、精准的专业精神之外，还可以感受到渗透式的关切与温暖，不为人察。

所以不觉暗自吃惊，难道他真的知道吗？那些连我都不知道的事。

肖大夫说道，你妈妈生你的时候，你爸爸去探视，提着一袋水果，可以想象不靠谱指数吗？至少应该是巧克力、参汤这种增加力气的东西，哪有产妇吃水果的。当他经过护士站的时候，听到有人议论，说是有一家人真是太出奇了，一个产妇身体出现危急状况，人已经半昏迷了，家属签字保孩子还是保大人，居然签的是保孩子。这种情况还是真的不多见啊。你爸爸出于好奇，路过那个单人病房往里面看了一眼，你知道他看到谁了吗？

对，他看到了毛毛阿姨躺在病床上，面色惨白，双目紧闭，旁边坐着失魂落魄的老公，形同石化。还有公公婆婆大姑之类的人，当然都是愁眉苦脸，神情恍惚。你爸爸完全是原始冲动，二话没说就冲过去掐住毛毛阿姨老公的脖子，病房里顿时乱作一团，你爸爸后来又在混乱中拿出水果袋里锋利的水果刀，他说一命抵一命，你立刻去把签名文件改过来，保大人保大人保大人。

签名的确是公婆代签的，但是问老公的时候他居然没有制止，当时好像已经没有思维能力了。

保住了大人，孩子走了。巨大的阴影笼罩着这个家庭。

这是一个什么样的前男友也成为令人备受折磨的问题。

毛毛阿姨当时处于昏迷状态，她并不知道发生了什么。但她出院以后，身体的伤痛，失去孩子的忧伤，还有来自整个家庭的冷漠与寒战，最终压垮了她。在知道事情的原委之后，她选择了离婚。

你也是那天出生的，所以她应该觉得你也是她的孩子吧。

肖大夫的述说有些过于平静，也许是一种职业训练，他跟病人的交流一贯淡之又淡，甚至有些无情。

阎黎丁的确有些震惊，但如果这不是网上随处可见的故事，肖大夫又怎么可能知道呢？实在不可思议。

肖大夫道："因为我就是那个差点被你爸爸杀死的人。"

房间里陡然安静了，阎黎丁愣在那里，半天没有反应过来。他没有办法想象眼前这位令他无比尊重的人曾经做出那样的事。

记忆的毛玻璃对不上现实的焦距。

"肖大夫，你怎么可以那样对待毛毛阿姨啊？"

"是啊，我也没法解释我当时的行为。其实我们一直是相爱的，也许我们有相似的经历，也许我们对待婚姻都没有过高的期望值，再加上生活本身又都是琐碎重复的，不需要那么多激情和浪漫，所以我们反而能够平安相处，彼此珍视。如果没有遇到风浪，我们可以过得很好，成为别人羡慕的那种夫妻。"

　　"我觉得我爸爸是爱毛毛阿姨的，但是你不爱，你只是跟她过日子，是随时准备牺牲她的。"

　　"不，我也是爱毛毛阿姨的，只不过方式不同。我的潜意识是慢慢觉醒的，成为我一生的罪与罚。"

　　肖大夫没有顾及黎丁的呆如木鸡，继续说道："离婚后将近两年，我才从噩梦中醒过来，我才清楚地意识到我犯了不能原谅的错误，从在医院被严酷的现实吓蒙了开始，我一步一步走向深渊。但是一切都晚了。

　　"我怎么能够那样对待她呢？她因为那一天，而失去了爱情、孩子、家庭，健康，甚至有可能是生命，而我的愤怒却是怎么会有人这么爱她？爱到上演这样的闹剧。他们之间到底发生过什么？

　　"那我算什么？一辈子就跟一个躯壳生活？

"我那时候非常年轻也非常狭隘，有着无穷无尽的联想。加上又痛失爱子，整个人深陷在泥潭里。

　　"然后把责任推到更无辜的人头上。这是一个死循环，无论我再怎么忏悔都于事无补，都不能改变什么。

　　"这也是人生的捆绑销售，爱恨相依。只要其中的爱而不想经历那么多的恨，是不可能也是不现实的，必须面对和接受。这个世界哪有什么幸福？幸福都是不自知的，而不幸各有各的锥心之痛。"

　　这时肖大夫突然话锋一转，让人始料不及，"我现在已经不祈求她的原谅，但也不再惩罚自己，错了就是错了，所谓担当不就是认错吗？并且接受一切后果。我希望能够原谅自己。与往事和解其实是挺艰难的一件事，就像阎黎丁，你夹在奶奶和妈妈之间，你也要原谅那个无能为力的自己。"

　　阎黎丁仿佛被人推了一下，从一条漫长的隧道撞入一片开阔地。

　　肖大夫又道："鸡汤君不是说，世界上唯一的英雄主义就是看清了生活的真相后仍旧热爱生活。我要进一步地告诉你，生命里充斥着仇恨、无奈、悲痛、失去和局限，但是仍然可以成长，可以破茧飞翔。"

　　相比起并不如烟的往事，惊天的秘密应该是肖大夫还在等待那个原谅吧。否则，他不会把自己当作药，让阎黎丁温水服下。

　　他是一个多么严谨、缜密而又克制的人啊。

　　阎黎丁的内心震动不已。

十五

　　那个高辨识度的烟嗓子一出现，茅诺曼就听出了是流氓姐姐。

　　姐姐在电话里说，要请茅诺曼吃饭。这还真让茅诺曼略感意外，因就两个人的关系实在还没有到约饭的程度。

　　上次公司事件的危机处理，在谈和分手之后，流氓姐姐的确为"绿翻天"产品在她的公号上写了软广文，软文写得还是相当走心的，配以各种优质图片，令时尚人士无限向往，影响也不错。掀起了产品新一轮的热卖。

　　那次纠纷就算无声地摆平。但是无论如何，她们的关系止于客气而有隔膜，亲切而有距离。都承认对方的才华和江湖地位，又犯不着掏心掏肺走得那么近。

　　所以接到电话，茅诺曼迟疑了片刻。

　　因为也不想得罪姐姐。

　　姐姐还是以往的风格，快人快语，先把时间敲定。地点她会再发来信息。茅诺曼想了想，只好答应了。

放下电话之后，茅诺曼想起她最近一次见到流氓姐姐，还是在可可大楼肖千里心理咨询室的门口。她从咨询室出来，正好姐姐要进去。但她并没有什么大惊小怪，当代都市人去超市和去心理咨询室又有什么区别呢？何况这种大号"公号狗"，每天都在为更新或失宠焦虑，看大夫不是太正常了吗？

她们点头、握手，但几乎没有交谈便又匆匆分手。

也许是姐姐觉得隐私外露，要跟她解释几句。

秘书走进办公室，送来新泡好的清茶。又跟茅诺曼核对了一下当天的日程安排，茅诺曼本来只想把晚上的应酬取消，把时间留给姐姐。但不知为何，开口的时候，居然把全天的日程项目都取消了。

房间里重新安静下来，茅诺曼转动大班椅，望向窗外。

开始慢慢品茶。

上一次去肖千里的咨询室，还是对阎黎丁的病情心里没底。尽管看上去，黎丁的情况好了很多，但是他的郁郁寡欢显而易见，还是不太说话，也不愿意外出或者与人交流，常常一个人坐在那里发呆。

陪他一块去探望武翩翩。

从头到尾就是武翩翩一个人数落他，他也是一言不发。武翩翩是那种会越说越激动的人，自身又有些病气，没有心情。好不容易找到宣泄口，越发地不可收拾。结果就像是房间里没有别人，只有她一个人在那里慷慨陈词。

她和曾司机站在门外，也不便说什么。

曾司机脸色铁青，道，以后还是少过来吧。

又道，你给她专门找的中医看来还有两把刷子，喝了几剂汤药，效果真的不错，底气十足啊。茅诺曼用小手指挠挠眉毛，尴尬地笑笑。对于一仆不侍二主的曾司机，夏虫不可语以冰啊。

然而，也难怪让人气馁。悲剧落幕，走的走、病的病，却什么都没有改变。

还是不动声色的伤害，像空气一样。

所以那天阎黎丁做完治疗，茅诺曼让他到车上去等一下，自己便留下来，想跟肖千里单独讨论一下病情。

至于她跟肖千里独处一室，既然彼此都像失忆症患者一样，完全屏蔽过去的一切，至少有一个好处，那就是相处起来简单利落，刀切萝卜一般。

肖千里说，其实他对阎黎丁的治疗心里也没有底。一开始的确是按照经验来治疗，疗效也还不错。但是渐渐地，他发现这是一个特别的案例，必须全面系统地去分析，如果能够总结出一些心得也是很有意义的。毕竟心理学科在国内的起步和发展都还在幼稚期，还真的是任重道远。

需要大量的案例支撑，才可能获得微弱的进步。

一时间，茅诺曼有来开学术讨论会的感觉。

肖千里说道，阎黎丁是一个细心、内向、敏感的孩子，家人之间的不和始终是他心里的一道伤口，尽管他们都爱他，都用自己的方式深爱着他，但是家人之间先天的疏离、冷漠，包括互相伤害，特别是奶奶和妈妈之间的仇恨，是他背负的两把尖刀，一直都在不知不觉中刺伤他。

奶奶死也不去探视重病的母亲，在跟母亲提到奶奶离世的这件事，母亲只是"哦"了一声，没有表情的一带而过。诸如此类，我们都觉得自己掩饰得很好很到位，但其实无声大战是病人可以感受到的，所有这一切都让他不知所措。

那我是什么？

茅诺曼忍不住问道，我想知道我是什么角色？催化剂还是帮凶？

你什么都不是，不是天使、魔鬼或者一半一半，因为你阻止不了什么，恨的力量可以用伟大来形容，远远超出我们的想象和可控的范围。无论是奶奶还是妈妈，她们其实都是富于牺牲精神的优秀女人，也仍旧没有办法从仇恨的沼泽里自拔。也许是人性的泥潭吧，我们都有跨越不了的高度。

所以阎黎丁看上去得到过很多的爱，但他一点都不快乐。

他说，她们给了我很多很多的钱，还有很多很多的恨。

茅诺曼相信肖千里不是故意的。但是她突然感觉到肖千里在讲另外一件事，而且他什么都没说，又似乎什么都说了。

不过阎黎丁也不会完蛋，肖千里继续说道，他是幸运的，因为他遇到了你。

而你们的相遇指数应该是零。

但是你们还是相遇了，并且共同经历了很多事情。

奇怪的是，这让我想到一个数学问题，那就是"黎曼猜想"，仿佛可以无休止地解释下去。肖千里说道。

这是什么意思呢？

当时还谈了其他的问题，当然都是围绕着阎黎丁的病情，这四个字很快被淹没在漫谈中，并没有引起茅诺曼的注意。

想到这里，茅诺曼转过大班椅，放下手中的茶杯，重新面对大班台上的电脑，她把"黎曼猜想"输了进去。

欧拉是解析数论的奠基人，他提出欧拉恒等式，建立了数论和分析之间的联系，使得可以用微积分研究数论。后来，高斯的学生黎曼将恒等式推广到复数，提出了黎曼猜想。黎曼猜想是数学上一个极为艰深的课题，至今没有解决，成为向 21 世纪数学家挑战的最重大的难题之一。

它是会被证明还是会被推翻，成为黎曼猜想前途命运的大悬念，数学家们各有各的看法。有人认为猜想是对的，理由很纯朴，数值证据已经够强了（目前的证据超过了十万亿）；有人则认为是错的，其中一条打不倒的理由是，所有支持都不是证明。

于是成为永久的谜团。

黎曼手稿中天书一般的计数公式，1932 年出土后才被发现，被存放于哥廷根大学图书馆以来，陆续有一些数学家和数学史学家前往研究。但在那极度艰深晦涩面前，大都满怀希望而来，两手空空而去。

黎曼的手稿就像一本高明的密码本，牢牢守护着这位伟大数学家的思维奥秘。

肖千里想说什么呢？

这么风马牛不相及的科学难题跟我们有什么关系呢？

还是，人类的爱恨情仇何尝不是一个巨大的谜团，我们深陷其中纠缠不清，每每上演悲欢离合的故事，七情上面，全情投入，拼死捍卫着自己的角色。却从未理清过其中的经纬与脉络，更加不解其中的奥秘。

我们都是制造悲剧的高手，又在悲剧中死去活来。

有多少恨就有多少爱，忘我付出或者精于算计，那道题永远无解。

就像一本武林秘笈中，只有招数，却无详尽系统的内功心法。又是残本，漫无头绪，相传之间被无数的人增减或诠释，甚至加上去一些自相矛盾的东西，又有谁敢轻言参透了呢?

茅诺曼陷入了沉思。

当她再一次下意识地把大班椅转向窗外的时候,惊见天已经全黑了。

青翠的芦笋炒鲜百合,麻酱拌菠菜,清澈见底的菌菇汤配以素面,汤里还有番茄豆腐,让人想到唇红齿白,散发出山当归的幽香。

看上去属于极简风格,倒也精致。

不愧是网红,这是目前最时尚的性冷淡菜式。

不一样的欲望烟火燃烧之后,剩下的还是简食清欢。

流氓姐姐订的餐厅是一家素菜馆,就在青玛公司办公楼的附近,和这一带的餐厅规律一样,中午人声喧嚣一座难求,下午下班以后成为空城,晚市清冷得几乎无人光顾,素菜馆就更是如此,佛堂一般的清静。

茅诺曼无须开车,只走了不到十分钟便可抵达饭店。

幽青色调,几案精洁。

姐姐已经先到了,她站起来以示恭敬,并且先点好了菜。

她显然是有备而来，样式简单的连衣裙，青灰色，剪裁和手工极其讲究。戒指和项链展开叠戴模式，戒指细小，若有似无，间隔有致地戴在不同的指关节。项链也是，层层叠叠，偶有珍珠和钻石混搭。

　　手表是卡地亚坦克，座椅边上的拎包是路易·威登的古老经典款，用得旧不堪言但是派头十足。整体表达便是：有钱，优雅。

　　与她第一次到公司来的形象大相径庭，当时随意到像从菜市场刚回来。就是上次在肖千里咨询室的门口碰到，她也不过是一身高级运动服，上下均是浅藕荷色，配运动款小白鞋，看上去活力四射。

　　反观茅诺曼还是上班穿的通勤装束，精致棉黑白条纹衬衣，香奈儿西装马甲，翻领，黑色。一条蒂芙尼银质项链。

　　无所谓示威和对抗，都很美。

　　两个聪明的女人一开始肯定是各种毫不相干的寒暄，努力炒热氛围，掩饰轻度尴尬。披肩，手表，珍珠项链都是极好的话题。

　　终于，姐姐不想再痴缠下去了。

她突然说道:"茅总,你觉得肖千里这个人怎么样?"

茅诺曼一时有点摸不着头脑,想了想,道:"我觉得他还挺专业的。"

"嗯,是非常专业,有职业尊严。还有呢?"

还有?茅诺曼的表情是还有什么。

"我其实没有病。"姐姐说道。

看吧看吧,开始解释了。谁愿意承认自己有病?就连阎黎丁,也不希望茅诺曼在武翩翩面前提起他的病症,宁愿被无情地数落。

但是流氓姐姐后面的话,倒是令茅诺曼有些吃惊。

姐姐道,"肖大夫的诊疗时间是业内有名的贵,别人一次咨询六十分钟,就他四十分钟,价格还是别人的几倍。"

这是问题吗?所谓专业就是贵啊。

姐姐笑笑,"但是我就要买他的时间,因为我喜欢他,买时间是为了谈恋爱。"

茅诺曼愣了一下,不知道该说什么。

姐姐又道:"我们是在一次跨界的文化活动中认识的,我一下子就被他的气质迷住了,他脸上的线条分明,略显清瘦，有一点适度的沧桑，简直是根据我心中理想的模板度身定做的。一开始我喜欢他身上柑橘香调夹杂一些干姜的味道，让人觉得一点都不乏味，剪裁合身的衬衫和裤型，干净的翻毛鞋，淡淡温柔的笑容。后来我喜欢他的无情、沉默、看不透、四平八稳，万年没有性生活的贵族气质。我在他面前明白了什么是粉丝文化，什么是低到尘埃里去了。"

茅诺曼心想，咱们说的是同一个人吗？

"可是他不喜欢我，他说不要再浪费时间和钱了。这怎么是浪费呢？简直惊艳了我的人生。只要是对着他，时间我应有尽有，而且老子的确是有钱，可以给他换车换房换工作室。可他又不那么爱钱，稍有冒犯就露出隐杀之气。他讨厌我舌尖上的一丁点毒汁，可是我胸中有一座玫瑰园好吗？"

这跟我有什么关系啊？姐姐。茅诺曼的脑袋在飞快地运转。

你的艳遇，却是我的巷战。

你是老房子着火，而我，是再经受一次往事寒至骨髓的凛冽。

"茅诺曼，我真的很讨厌你一脸无辜的鬼样子，跟你没关系的事情我找你干吗？因为我不是他的菜，但是你有可能是他喜欢的那杯茶。所以我拜托你不要成为我的情敌，我就是这个意思。我这样说出来是不是你舒服一点？"

茅诺曼彻底懵圈儿，不知从何说起道："真够无厘头的。"

姐姐道，"你绝对不要低估我的直觉和判断力。那天你走以后，我进了咨询室，你知道我看见什么了吗？"

"什么？"

"他的脸上，我说的是肖大夫的脸上有一种异样的神情，你绝对想不到的，他的眼睛里居然透出一丝孩童般的天真。我当时就给惊着了。"

木然。

"我说，想什么呢你。你猜他怎么样？只是羞涩地笑了笑。"

还是木然。

"你这是什么反应啊？真的也是高智商职业女性吗？没有文青过吗？"

茅诺曼不得不承认，她对男人早已生疏了。

"我听说他年轻的时候有过一段短暂的婚姻，不知什么原因两个人分开了，不过他对那个女人念念不忘。但是你也知道，让一块冰回到流水时的样子有多难，几乎是不可能完成的任务。于是他惩戒自己，自我救赎，不婚不恋，也没有孩子。"

"不可能。"茅诺曼脱口而出。

"不可能吧，我也觉得不可能，是传来传去变成的成人童话。不过我们做不到的事情不等于别人做不到。"姐姐嘴角上扬，斜着眼睛鄙视天下人。

"我问过他，"姐姐继续说道，"你想我买他的时间还能聊什么，就是一次次漫无边际的访谈啊。他说，他也没有刻意地等待，真的没有，也相亲，也偶遇，最长的一次和对象相处了九个月，只是没有碰到合适的人罢了。他说得漫不经心，但就在那种漫不经心，让我相信了他。我就喜欢这么痴情的男人，成年人的字典里哪有什么山盟海誓、情深意长，有的只是默守。"

凌乱。

茅诺曼有些凌乱了。

也许揭开是非曲直的面纱，有些时候，人的辛苦是一样的，心灵的磨难是一样的，在沙漠中长途跋涉也是一样的吧。

尖冰划过心际。

黑胶唱片在转盘上颤颤悠悠地扭动着。

一个云雀般嗓音的女声毫不费力地清唱，声音舒缓飘逸。太多人知道这首歌了，《斯卡布罗集市》。

这是一个前所未有的轻松的周末。

夜幕降临，歌声让茅诺曼一直紧绷的神经松缓下来。

因为昨天晚上，阎黎丁表示他不需要毛毛阿姨的陪伴了，他可以自己睡觉。茅诺曼表示自己可以睡在客房，随时可以找到她。但是黎丁坚持有曾司机在家住就足够了。他说身体是最诚实的，他真的好多了。

并且表示周一可以回青玛上班。

这让茅诺曼甚感宽慰。而且就她的观察，阎黎丁的饮食、睡眠以及心境，还有与人的交流都在恢复日常化，那个简单干净的孩子又回来了。

这当然要感谢肖大夫的精心治疗。

我给你理个发吧。她说。

自从黎丁病后，不愿意出门，都是茅诺曼给他理发。

这门手艺是茅诺曼跟母亲学的，那个年代的人为了省钱，什么都会。以前也给肖千里理过，他爱看书，懒得去理发馆。只是从来没给阎诚理过，当年是公子哥不需要，后来就没有后来了。

茅诺曼拿出理发工具箱，黎丁围着白床单，微低着头，安静地坐着。茅诺曼的手法很轻，慢慢剪着。

突然想到，如果自己的孩子不走，也有这么大了。

最后一个晚上，他们像以往那样，茅诺曼看着黎丁服下药，两张床并列，他们各自躺下，熄灯，在黑暗中有一句无一句的闲聊，慢慢地沉静下来，等待入眠。多少个夜晚，这样的陪伴让黎丁心安，是个性化治疗的一部分。

为了消除疾病带来的极度恐惧。

"毛毛阿姨。"

"嗯。"

黎丁说道："肖大夫叫我跟你说一声，对不起。"

他的声音平淡，只是有些忧伤。

房间里陡然安静下来。

茅诺曼回道："哦，……他跟你说什么了？"

没有回音。

隔了一会儿，黎丁才道："没说什么，……他只是说你是他窗前的一棵树，慢慢长成了他喜欢的样子，然后就跟他一点关系都没有了。"

还是"哦"。

几十年的心酸，像水一样漫过了心房。

"毛毛阿姨，你知道宇宙这个词最初是什么意思吗？"

"什么意思？"

"据说最初的本意就是秩序啊。许多无法诠释的瞬间和情节经过解析和呈现，然后会奇妙地重新排列，最后的答案惊人的简单，有时是一场倾城之恋，有时是漫长的分手，有时只是为了说一句'哦，你也在这里'。有时就是为了说一句对不起啊。"

长时间的沉默。

一个人生了病就会成为哲学家吗？

隔了好一会儿，"黎丁。"

"嗯。"

"我可以拉拉你的手吗？"

"当然可以。"

他们的手在黑暗中交汇，就像光与光在黑暗中相融。有一滴泪水从她的眼角滑落下来，茅诺曼从心里感谢阎黎丁第二次给她做了心肺复苏，否则她会像尹大一样背负着满满的怨恨远行。

"睡吧。"她说。

一夜无话。

那个女声还在委婉地述说，"欧芹，鼠尾草，迷迭香和百里香，请代我向住在那里的一个人问好。"

此时的茅诺曼坐在阳台上，面前有一个铁筒，那一盒肖千里曾经给她写的信就在手边，但她并没有拆开，原封不动地烧掉了。

很奇怪，她的脑海里是阎诚年轻时候的样子，但是却从心里原谅了另一个人。

她跟阎诚郑重地道别，轻声地问他，我怎么这么累啊。

阎诚什么也没说，只是温和地看着她。茅诺曼始知，人卸去担子的一瞬间，不是轻松，而是乏起，真心真意地知道，自己累了。

歌声低回婉转，犹如水中的漪涟。

217

"请代我向住在那里的一个人问好，他曾经是我的真爱。"

黑色的灰片伴随着火焰起舞，爱有深意，阎诚和黎丁的依序出场是想告诉她什么呢？或许是除了活着，还要重生。

第二天是星期天，中午，茅诺曼化了一个淡妆，穿了一身休闲的衣服赴约。因为黎丁说为了庆祝他可以上班了，一块吃顿饭恭贺一下。

地点也是黎丁选的，是在一个年轻人出没的时尚大商场的六楼。

有一家西餐厅，名字叫"遇到你真高兴"。

不奇怪啊，他订的地方肯定不会是老人院式的。

门脸并不花哨，只有一朵霓虹灯管扭成的玫瑰，散发出惨绿色的光芒，暗示着神秘和不可预知。

侍者拉开沉重的木门，茅诺曼走了进去，灯光暗淡，衬托出满天星的天花装饰。最先听到的是百乐门绝版爵士《曼丽亨尼》之类，然后看到吧台后的巨幅野兽派的油画，感觉是若干女人在跳舞，因为只可分辨出女人的若干条腿，其余的部分如裙子面容神情头发等等全部是拥挤成一团一团的油彩，酷炫狂野，极度宣泄。

远望以为是一大盘凯撒沙律。

餐厅里的客人并不多，餐桌上铺着格子桌布，每桌都有一个小台灯，显得气氛温柔怀旧。招牌的扶手椅。

这些并不相干的东西凑在一块并不违和，一切都在声色中轮回。

茅诺曼说是已经订好位了。

侍者看了一下手中的订座夹，指明了一个方向。

茅诺曼下意识地放眼望去，看见肖千里坐在那里。

他也是一身休闲的装束，侧脸向着窗外，神情安然若素。强烈的日光令他的面部微微逆光，线条仿佛雕刻一般。

"一夜巴山雨，双鬓都华。"

不用说是阎黎丁玩的把戏。

但她只犹豫了片刻，便向肖千里走了过去。

十六

偶开天眼觑红尘，可怜身是眼中人。

——王国维（题记）